DULHAN

DULHAN

By

Manish Poddar

GenNext Publication

First Published, 2018

Published by

GenNext Publication
5, Ansari Road
Daryaganj, New Delhi-110002
Phone: 9811692060
E-mail: gennextpublication@hotmail.com

Printed at: G. Print Process, Delhi.

Cataloging in Publication Data—DK
Courtesy: D.K. Agencies (P) Ltd. <docinfo@dkagencies.com>

Paddar, Manish, author.
Dulhan / by Manish Poddar.
pages cm
Novel.
In Hindi (roman).

ISBN: 978-93-5324-132-2

1. Hindi fiction. I. Title.

LCC PK2098.32.A33D85 2018 | DDC 891.43372 23

DULHAN

Barish khatm ho chuki thi. bahut khoobsurat hawa beh rahi thi. es mousam me kaam karne ka maza hi kuch aur hota hai. kya hall hai be ? Cycle chalate huye mere ek dost ne mujhse poocha thik hu Maine muskurate huye jawab diya har roj ki tarah maine cycle unke darwaje ke samne khari ki paper nikala, aur aawaj lagae Paper Paper. jis tarah unhone mujhe advice diya tha ki mai paper feku na. tum mujhe aawaj dena mai aauangi aur paper le jauangi aur maine gulamo ki tarah sar hila diya tha. Jiska matlab ?Ha? tha kyuki hum apne customers se jyada bahas nahi karte the.

Vah koi 30 - 32 saal ki mahila thi. Jo hamare elake ki sabse raees aadmi ki beti thi. halanki vah raees aadmi sallo se hamare village me aaya bhi nahi tha sirf ek bungalow banwa diya tha jisme ek naukar rehta tha. Malik ki tarah vah ek month ke liye apne es aalishan ghar me aae thi aur unka ek mahina complete ho gya tha. Aaj mujhe paper ka paisa lena tha unke bahar nahi aane par maine fir bell bajaee. Kuch der baad unhone darwaza khola aur paper liya vo abhi bhi thore neend me hi thi. Bill lena hai maine kaha hum paper wale isi tarah unprofessional tarike se bolte the abhi chahiye. Mere taraf dekte huye unhone puchha ha aaj hame paise jama karna hai. come here and sit mai paise lekar aati hu. Hunhone jamhai lete huye kaha aur andar chali gayi. kuch der baad vo 2 cup coffee ke sath aayi. Ek coffee mujhe diya aur mere samne wali chair par baith gayi.

Agar tumhe der nahi ho rahi hai to aaram se baith kar piyo. Unhone mujhse kaha der nahi ho rahi hai, last paper mai aapko hi deta hu. Coffee ka cup pakre huye maine kaha. Ooo really itna kehkar vo baith gayi. Kuch ghar wale itne nice person hote the ki hame chay coffee peene ka offer dete the aur hum paper wale unse bhi nice person hote the. Kyuki hum kabhi bhi us offer ko reject nahi karte the.

Bill kitna huaa hai coffee pite huye unhone puchha maine apni pocket se slip nikala aur unhe de diya slip dekte huye unhone puchha kis class me padte ho. Maine padhae chhor di hai maine jawab diya. To, kya karte ho. General competition ki taiyari karta hu maine coffee ka ek ghut laga kar jawab diya. Jaha tak mere andaja hai padhai to tumne poora kiya nahi hoga. Unhone bola nahi maine sirf tenth tak hi padhai ki hai. Maine kaha unhone coffee ka cup rakha mai 2 - 3 din aur rehne wali hu tum 3 din aur paper de dena. Mai tumhe paise kal de dungi, kyuki aaj mere pass change nahi hai unhone kaha aur slip apne purse me rakh liya ek baat puchh sakta hu kya coffee pite huye maine kaha. Ha kyu nahi puchho aap kya karti hai ? mai Muskurate huye unse puchha unhone bolna suru kiya. Mere dad ki Medicine ki companies hai mai abhi us companies ko chalati hu. esliye aap itni amir hai maine kaha vo phir muskurane lagi. Tum life me kya karna chahte ho, unhone puchha. Mai to bas ek naukri hi karna chahta hu nahi nahi jhut bol rahe ho, agar tum sirf ek naukri karna chahte na to mera interview nahi lete. Unhone smile ke sath bola nahi aisi baat nahi hai maine kaha OK madam. Mai chalta hu maini bola, dhire se darwaza khola aur bahar nikal gaya. Thori derr ruka phir vapas gate khola andar aaya, madam jee wahi khari thi mai unhe wahi dekh kar thora nervous ho gaya. Kya unhone isare se mujhse puchha mai likna chahta hu means likta hu. Maina kaha itna stylish jawab dene ki koi jarurat nahi thi tum yahi par bata sakte the unhone muskurate huye kaha mai bhi muskurate huye bahar chala gaya.

Aaj barish ho rahi thi maine plastic se aage paper dhak liya tha aur pichhe ka bhi but kud bhing raha tha paper bahut loud aawaj me maine kaha koi response nahi milne ke baad maine fir darwaza knock kiya. Ye log jaldi bahar kyu nahi nikalte hai. Maine apne aap se kaha anjali mam ne andar se darwaza khola tum ho. Itni baarish me paper kyu baat rahe ho. andar aaoo hath me chhata pakre huye unhone kaha. Maine cycle khari ki aur andar ghush gaya. Kyuki baarish sach me tej hone lagi. Jitna bahar se unka ghar beautiful lagta tha andar me usse bhi jyada beautiful tha. Sundar sundar sofe rakhe huye the cupboard me medals sajaye huye the ek bahut badi ghari tangi huyi thi over all mai likh nahi sakta. Mai waha silently khara tha. Vo 2 cup chay ke sath aayi. baitho khare kyu ho unhone chay rakte huye kaha, sofa mujhse kah raha tha ki bhia tu khara hi rah aaj tak tere jaise sasta aadmi mere upar baitha nahi hai maine kaha vo muskurane lagi baitho baitho unhone muskurate huye kaha mai baith gaya aur vo bhi mere samne baithi huee thi. Lo chay piyo unhone mujhse kaha maine ke cup chay liya aur peene laga tum itni baarish me paper kyu baat rahe ho tum kahi rook sakte the chay pite huye unhone bola. Kuch logo ko paper der se milta hai to vo chillane lagte hai maine jawab diya tumhari tabiyat bhi kharab ho sakti hai. Unhone chay ka taste lete huye bola. Baarish me paper baatna adventure hai madam jee maine muskurate huye jawab diya ye adventure hai unhone mere baat ko repeat kiya. Ye lo tumhare paise unhone apne purse se paise nikala aur mujhe de diya. Maine paise direct apni jeb me rakh liya. Humlog amir logo ke samne impression jamane ki liye paise ginte nahi the direct apni jeb me rakh lete thee. Tumhare dost log bhi yahi kaam karte hai. Unhone puchha ha aadhe dost. Maine kaha meri chay khatam ho gaye well tum likte ho kuch story poet soche ho koi idea hai. Vaise likhte kya ho tum unhone ek hi sath sawalon ki jhari laga di ha kuch stories hai aur mai soch hi raha hu. Maine soch kar jawab diya mere pass ek kahani hai, mai tumhe suna sakti hu coffee ka cup rakte huye unhone kaha. Unki coffee bhi khatam ho chuki thi lekin bahar baarish aur tej ho gayi thi aap majak kar rahi hai kya, maine kaha nahi ye majak nahi hai unhone ne kaha kahani sunkar mai kya karunka maine fir sawal puchha kya karenge matlab kya.

Likhoge, kyuki tum likna chahte ho unhone thora serious chehra banate huye bola. Agar mai kahta ki mujhe business karna hai to kya aap mujhe apni company ka ceo bana deti, maine logic dete huye kaha chalo ek writer wali baat to hai logic dena unhone smile karte huye bola aapo lagta hai mai likh sakta hu aap khud bhi to likh sakti hai aur vaise bhi aap kitni educated hai maine kaha jab maine tumse puchha ki tum kya karna chahte ho. to tumne kaha ki mai likna chahta hu maine ha me sir hila diya tumne ye nahi kaha ki mai ek. Writer banna chahta hu nahi to aakjal sab koi dancer, cricketer or engineer hi banna chahta hai koi bhi dance karna khelna ya padhna nahi chahta hai, unhone kaha aur ek lambi sans li wah manish, kya baat hai maine apne aap se bola kabhi kabhi aap anjane me kisi ke samne aisi baat bol jate hai ki samne wala aadmi apna logic lagakar sochta hai ki aap bahut intelligent hai tab writer jee mai story suna sakti hu ha maine kaha kyuki meri bolti band ho chuki thi waise bhi agar ek beautiful aurat kisi kakri jaise patle larke ki tarif uske samne hi kar de tab to einstein wali feel aa hi jata hai waise story kis bare me hai maine puchha ye mere dosto aur meri story hai. Jab maine MBA ki padhai poori ki uske baad papa ke office me kam karne lagi Do saal tak kaam kiya aur 2 naye project par bhi kam kiya but fir bhi mera man kaam karne me lag nahi raha tha. Dimag pura fata ja raha tha har din wahi routine 10 - 12 ghante kaam wahi boring life mera man poori tarah. Thak chuka tha maine apne papa se kaha dad mujhe kuch naya karne ka mann kar raha hai, but kya karu koi baat nahi tum ghumne chale jaoo kahi papa ne kaha maine puchha India chali jaoo, delhi waha tumhare uncle bhi hai wahi kuch months rah lena ghumna firna mood fresh ho jayega. Papa ne kaha Maine usi din london se flight pakri aur agle din delhi aa gayi. Airport par mai edar udar dekh hi rahi thi ki koi aaya hai ki nahi tabhi mujhe koi dikha oh chachu hai kya waha maine andaja lagaya. Kyuki mai bahut saalo baad india aayi thi chachu ne bhi mujhe dekh liya mai unke pas gayi Unhone mujhe gale lagaya, chachu aap kyu aaye kisi ko bhej dete maine kaha beti ko lane ke liye kisi aur ko kya bhejna unhone kaha. So sweet chachu maine kaha hum dono car me baith gaye chachu aap khud drive karenge maine kaha tumhare chachu abhi budhe nahi huye hai really. Haste huye maine kaha well kya ho raha hai life ma aaj kal chachu ne mujhe puchha life me kuchh maja nahi aa raha hai so India ghumne aa gayi aap ke pass aap aaj kal kya kar rahe hai. Maina unse puchha mai ek book likh raha hu, kis theme par maine kaha jab mai school me padhta tha na tab mere teacher humse ek baat kahte the.Jo log apne jeevan me collge nahi ja pate hai na unhe apne country ki travelling kar lena chahiye dono ek hi baat hoti hai yahi theme hai meri book ka character college nahi ja pata hai to wo duniya ghumne nikalta hai college ka matlab kya hota hai jaha har kone se log padhte hai aur kya unhone kaha. Tabhi mere dimag me ek baat aayi. kyu na college join kiya jaye, mauz masti karungi naye dost banaungi kuch month padhungi phir chhor dungi, Tab tak hamara ghar aa gaya, nice idea chachu car se utarte huye maine kaha maine ye baat next day chachu ko bataya thik hai unhone kaha fir maine DU me admission le liya yahi se meri kahani start hoti hai, Pehle ye kahani mai tumhe apni boyfriend ke juban se sunati hu. Uske baad meri juban se kyuki mere boy friend ki love story bahut hi mast hai.

Unhone ek hi bar me poori baat kah di matlab love triangle hai maine kaha kuch kuch waisa hi poora nahi unhone cute sa expression ke sath kaha to aap ready ho jaoo ek pyari se story sunne ki liye.

* * *

College me mera pahla din tha aur aaj collge me kuchh jyada hi bhir thi har taraf larko aur larkiya ki group hi nazar aa raha tha, jyada excitement me aakar mai pehle hi college aa gaya that aur vo national work kar raha tha jo bare shauk se hum schools me sikhte the means. Larkiya nihar raha tha aaj first time ek larki college ke president ke election me khari ho rahi hai dekho, Kya hota hai ek larke ne dusre se kaha. 2 larke aapas me baate kar rahe the, mai vahi khara unki baate sun raha tha. result chahe jo ho par larki bahut mast hai bro shayad mai apna vote usi ko du. Dusre larke ne halki sararti smile ke sath jawab diya uski baate sunkar mera dimag bhi us larki ko google karne laga. Halanki mujhe uske president banne me koi interest nahi tha but mera dil us mast larki ko dekne me jarur interested tha. Yahi sochte huye mai edar udhar ghum raha tha ye college hamara hai aur hamare liye kya best hai ye baat hum achchhi tarah jante hai.

Ek jagah bahut bhir thi aur shayad vahi se bhasan ki aawaje aa rahi thi, maine socha chalo thora time pass kar liya jaye mai bhi bhasan sunne chala gya, but bhir itni jyada thi ki mai kuchh dek nahi pa raha tha andar ghusne ke chakkar me ek larke ko thori takkar lag gayi, sorry maine usse kaha. Uske white colour ki t-shirt me uske body shape ko dekhkar lag raha tha ki vah jim wala banda hai wah mujhe ghur kar dekne laga. Tujhe bahut jaldi hai ghus andar ghus usne halke gusse me kaha, aas pass ke char-panch larke mujhe hi dekne lage college me first day hi meri insult ho chuki thi fir bhi mai lucky tha kyuki aas-pass ke larke mujhe pahchante nahi the. Fir mai waha se hatkar dusri taraf se andar gaya, kosis karne walo ki kabhi har nahi hoti, according to the rule mai bhi bhir ke andar ghus gaya, ek stage bana huaa tha mike lagi huyi thi ek larki stage par jhuki huyi apne jute ke fite ko band rahi thi shayad shabhi log us larki ka bhasan sunnne ka wait kar rahe the. Uske blacky-blacky beautiful balo ne usee poora dhak rakha tha. Light blue jeans aur red t-shirt jiske upar english me ek quote likha huaa tha, simple dress pehne wo beautiful lag rahi thi. Usne apne blacky beautiful balo ko lahrate huye upar uthaya. Tab ek beautiful chehra bahar nikla maine Priya ko pahli baar dekha look, bola tha na kya mast larki hai usi larke ne apne friend se kaha. Ye wahi larke the jo us waqt baat kar rahe the. Yes bro you are right maine to abhi se hi ese president maan liya hai dusre wale larke ne jawab diya, usne apne balo ko kano ke pichhe kiya, mike sambhala aur bolna suru kiya, Hello guys what's up sab logo ne chilla kar priya ka welcome kiya naam batane ki to jarurat nahi hogi priya ne dobara bola es baar sab logo ne sitiya aur taliya bajakar jordar response diya, ye dekkar mujhe lag raha that ki ye college me famous to hai, mike ko apne pass khichte huye usne fir bolna suru kiya well mai koi lamba speech nahi dungi bas ek choti se baat aapse share karna chahuni, aaj subah jab mai college aane ke liye ready ho rahi thi. Meri maa ne mujhse kaha. Tu ye politics vagera chhor aur padhai me dhyan de, larki kitna bhi padh le ghar use he chalana parta hai. Isliya thora ghar chalana bhi sikh le kyuki desh chalane wale bahut hai. Usne apne balo ko phir pichhe kiya. Maine socha ki mai apne balo ko bandh loo but mai janti hu mai khule balo me jyada beautiful lagti hu bas etna usne bola hi tha ki charo or sitiya aur taliya fir bajne lagi. ok ok usne hatho se rukne ka eshara karte huye bola bhir shant ho gayi. Now let's come on my story maine apni maa ko koi answer nahi diya. Jante ho kyu. Usne puchha kyu poori bhir ne chilla kar puchha kyuki mai janti hoo unhe jawab aap denge mujhe president banakar. Usne ungali se hamari taraf ishara karte huye kaha. Taliyo ki gargarahat se poora campus gunj utha aur kuchh larke to aise taliya maar rahe thee jaise election jitne ke baad unhe cabinet me minister ki seat milne wali ho usne phir bolna suru kiya ye mat sochna mai tumhe kuch dene wali hu hamare neta log jaise bolte hai ki mai tumhe ye dilwa dunga ye banwa dunga aisa mai kuchh nahi bolna wali hu ki tum mujhe vote doge to mai tumhe ek G.F/B.F dilwa dungi ok na. Sabhi log muskurane lage. Thank you bol kar wo stage se utar gayi.

Sabhi student apne-apne class ki taraf jane lage aur mai vahi khara 2 minute tak usee dekta raha. Aanand, kisi ne pichhe se mujhe aawaj diya maine palat kar dekha gopal tha mera room mate jo mere hi sath meri class me tha yaha kya kar raha hai be chal class start honi wali hi usne thori loud aawaj me kaha mai uske paas gaya tune miss kar diya maine usse bola kya? usne puchha vo jo larki dekh rahe ho blue jeans wali kaun? sabhi ne waise hi jeans pahna hai usne bola are vo jo hath hila-hila kar samjha rahi hai na maine bola, ha usne sar hilaya usne kya mast bhasan diya wahi sun raha tha, maine bola maine tujhe poore campus me dhundha, aur to yaha bhasan sun raha hai gopal ne kaha. Baat karte-karte hum dono class room pahunch gaye mai apni seat par baith gaya. Class fish market bana huaa that gupta sir ke in karte hi fish market ek dam silent mode par aa gaya ab hamara class completly meditation centre me change ho gya mujhe college me professors ka kam samaj me aa gya tha. Fish market ko meditation centre me badalna good morning sir sabhi logo ne khare hokar ke bola. Jawab me sir ne bhi good morning kaha hamare baitne ke baad me gupta sir ne bolna suri kiya aap sabhi ko pata hona chahiye ki aap apne desh ke best college me se ek college me padne aaye hai. Today I am going to teach you about economics unhone walk karte huye aur apne hatho se action karte huye economics ke upar karib ek minute lamba lecture diya. Jisme mujhe koi interest nahi tha, jab aap kisi Beautiful girl ka lecture sun chuke ho, to uske baad dimag me sirf uska hi lecture chalta rahta hai, aur gupta sir jinka pet halka nikla huaa tha, sar ke upar ke aadhi kheti saf ho chuki thi, chasma aakhon ke liye hota hai shayad gupta sir ye bhul chuke the vo hamesha iska use apni naako ke upar kiya karte the. Gupta sir ka bhasan jari tha usi beech ek smart larke ne darwaze par dastak di, may i come in sir, us larke ne kaha kitab pakre gupta sir ne apne chasme ko thora upar kiya tabhi unhe pata chala ohh chasma dekne ke liye hota hai kaha se aa rahe ho sir ne angry young man style me puchha room se sir, larke ne bahut bholepan ke saath jawad diya wah aapne itna bara ehsan kar diya DU ke upar DU apka ye ehsan kabhi nahi bhulega, gupta sir ne action ke saath bola, poora class muh daba kar hasne laga idiot, mera matlab kaha se aate ho jo itna let ho gaye wo bhi pehli hi class me. Tumhe pata bhi hai class kab ki suru ho chuki hai. Come in sir ne sakht aawaj me kaha ye bhi mere hi roommate hai Raghu wo andar aaya aur mere hi bagal me baith gya. Aur sir kuch budbudate huye apne chasme ko Thik kar kitab par concentrate karne lage, shayad wo apna bharas nikal rahe the. Ha, to mai kaha padha raha tha. Kitab me dekte huye gupta sir ne bola "class me sir" ek larke ne pichhe se kaha. Chutiya logo ki class me kami nahi thi aur kuch maha chutiya log class me dant nikal kar hasne lage. Shut up, sir ne poora jhor laga kar kaha. Class thora shanth ho gya. Well, student garibi aaj ki sabse bari problem hai to bataoo, what is the solution of this problem. 2 se 4 line me anybody, Gupta sir ne kaha ab class me sannata gahra ho gya. Comment marne me to tum log bahut aage rahte ho aur sawal puchho to koi kuchh nahi bolta hai gupta sir ne kaha. You, stand up, sir ne meri taraf ungali karke bola kyuki mai gopal se kuch kah raha tha. Mai khara ho gya sabhi students mujhe hi dekne lage. Maine class me abhi kuch puchha hai, sir ne kaha ji sir maine suna oh hoo apne sun liya poora class taliya bajaye inke liye inhone meri baat jo Sun li, class ke chutiyo ko phir mauka mil gaya. Sabne taliya bajaee mujhe bahut insult feel ho raha tha. To jab aapne sun liya hai to please answer bhi de do sir mai esi ke baare me baat kar raha tha, itne me aapne mujhe khara kar diya maine bola oh, mujhe maf kar dijiya. Bahut bari mistake ho gayi mujhse. Sir ne acting karte huye bola sara class muskura raha tha. To aapke kya vichar hai garibi ke baare me jara apna vichar class ko sunaye. Maine bolna suri kiya sir garibi mitane ka sabse best tarika pyar hai mere muh se pyar word nikalte hi poora class mujhe dekne lage. Jaise ki mai ek clebrity hu describe it, sir ne philosopher ke andaz me kaha, look sir aaj kaun desh amir hai America, Franch, Britain aur ve sabhi desh jaha log love karte hai vahi desh to amir hai sir jee, kyu dosto sabhi ne mere liye taliya bajaee kyu ki mare logic me dum tha. Gupta sir mera muh dekne lage, Sir isliya mai aapko nahi bata raha tha balki apne bagal wale ko bata raha tha. Mai janta tha aapko pasand nahi aayga. Sir ne kuch jawab nahi diya sir hum bekar hi in kitabo me uljhe rahte hai idea to hamare aas-pass hi rahta hai, abe saale kuch jyada ho raha hai ye. Gopal ne mujhe dhire se kaha jo mere bagal me hi baitha huaa tha mai chup ho gya.

Raat ka samay tha mai apni book padh raha tha raghu apni girl friend se baat kar raha tha. Gopal bed par leta huaa raghu ko dek raha tha. use kya dekh raha hai be maine gopal se puchha, raghu ne by kahkar call cut kar diya. Tumhari to bahut girl friend hogi gopal ne bahut lachari se raghu se puchha? Raghu bhai tumne sex kar liya hai gopal ne dobara phir puchha. Ha kar chuka hu it?s easy bro raghu ne kaha. Bahar tej baarish suru ho chuki thi aur andar raghu maharaj ka bhasan suru ho chuka tha, life me kitna bhi success kar lo gopal jab tak life me girl friend nahi hai na maza nahi hai girl friend sabji me namak ki tarah hai samjhe. Dekho jis larke ke pass mast si girlfriend ho vo lacs - crores kamay ya na kamay but kitna satisfy rahta hai. Larkiya patana ek art hai gopol aur vo kisi college me nahi sikhaya jata hai follow me sikh jaooge samjhe raghu ne gopal ke sar par halke se hath marte huye kaha. Thak thak kisi ne darwaza jor se peeta raghu ne chadar odh liya aur gopal meri book lekar padne laga, eska matlab tha darwaja mujhe kholna hai, maine darwaza khola ek beautiful larki jise maine subah bhir me dekha tha vo aaj bhigi huee aur beautiful lag rahi thi. Uska white t-shirt itna bhing chuka tha ki uska bra dik raha tha darwaze par priya ek larki ke sath khari thi mai usee dekhe hi ja raha tha. Ooye hello line baad me marna pahle andar to aane do usne kaha aur us larki ke saath andar ghusi aur darwaza band kar diya. Humlog use hi dhyan se dekh rahe the phir hum tino ne ek dusre ko deka aakhir kaun hai ye log humare dimag me yahi baathe chal rahi thi. Agar tumlog ka dekna ho gaya ho to kya hum dono yaha baith sakte hai. Priya ne kaha, ha why not raghu ne kaha priya aur uske sath aayi larki bed par baith gayi unke body kapre aur baalo se har jagah se pani gir raha tha aur hamara bed geela ho raha tha. Hamne kuchh nahi bola kyuki wo larkiya thi sorry guys hamne tumhe disturb kiya uski baat ko beech me hi kaat te huye maine kaha mai aapko janta hu aap priya hai na maine aapko kuchh din pahle college me lecture dete huye suna tha. Janti ho anjali mera craze hi college me kuch aisa hai ki log principal ka naam jane ya na jane but mere naam jarur jante hai uske sath aaee larki ko dekte huyee muskura kar priya ne kaha.

Itni rat ko tum yaha kya baat hai smart larke ne puchha kyuki itni himmat use me thi kal college me election huaa tha. Isliya college ke office me gayi thi kuchh mila nahi yah kahte huye usne cigarette nikali aur apne jeans ke pocket me kuch search karne lagi lighter nahi mil raha hi yaar kojte huye unhone bola lighter hai unhone mujhse puchha jee mai cigarette nahi pita hu maine kaha, raghu ne use lighter diya mai bhing gayi hu na to socha cigarette pee lu. Bear to tumlogo me se koi pilane wala hai nahi cigarette jalate huye usne bola well mai yaha cigarette pee rahi hu. Tum logo ko koi problem to nahi hai na, ek kash lagate huyee priya ne bola nahi hame kya problem hogi. Maine bola. Matter ye nahi hai ki tumhe kya problem hai matter ye hai ki ager problem bhi to tum kya kar loge priya ne kaha aur haste huye anjali ke haath par tali de mara. Ok guys mai chalti hu agar thori der aur rooki na to tumlogo me se koi mujhe propose hi kar dega. Ye bolte huye usne cigarette ke aakhri tukre ko niche giraya aur use juto se masal diya. Priya ne darwaza khola aur bahar chali gayi. Main darwaza band kar diya kaun thi ye yaar. Tu ese kaise janta hai gopal ne puchha ye wahi larki hai jo us din college me bhasan de rahi thi maine dikhaya tha na tujhe maine bed par baithte huye kaha, ha ha mujhe yaad aaya, gopal ne kaha. Ye college ke election me khari huyi hai raghu ne kaha to isliya college ke office me ghusi thi garbar karne ke liye gopal ne andaja lagate huye kaha. Bed par baiththe hi gopal ne fir bolna suru kiya college me kitni mast mast larkiya padhti hai yaar kash meri bhi koi girlfriend hoti. Teri koi GF hai ya fir tu bhi berojgar hai raghu ne mujhe puchha, kya jamana aa gaya hai pahle log collge aate the To puchhte the ki aapka percentage kitna hai. Ab log puchhte hai ki aapki GF hai ya nahi maine bed par baithte huye kaha, matlab tumhari GF nahi hai raghu ne kaha kaise isne ye to nahi bola gopal ne beech me rokte huye raghu se bola kaise agar aapse koi puchhe apki GF hai ya nahi aur samne wala banda bhasan dene lage na to samajna larke ke paas nahi hai yah kahte huye raghu muskurane laga.

Class khatm hone ke baad mai bahar campus me time pass kar raha tha raghu aur gopal kahi dikh nahi raha tha to mai edar-udar ghum kar apna national kaam kar raha tha. Hi kise ne pichhe se kaha maine palat kar dekha priya thi apne bike par baithi huee. Kaha ja rahe ho bike par baithe huye usne puchha, Classes khatm ho chuki hai. So, hostel ja raha hu maine jawab diya usne bike band ki aur bolna suru kiya well tumne kal raat meri help ki mujhe achha laga thanks. It's ok maine kaha mai nahi chahta tha ki vah chali jaye mai use bahut baate karna chahta tha. Isliye maine hi bolna suru kiya aapka kal ka bhasan mujhe bahut achha laga election aap hi gitengi. Vo hasne lagi are vo bhasan to pratap ne likha tha usne kaha, pratap kaun maine usse puchha are yaar vo hindi ka professor hai mujhpe line marta tha vaise naam kya hai tumhara? aanand maine kaha, nice name mere naam to pata hi hoga priya ne muskurate huye kaha poore college ko pata hai maine reply diya baitho mai tumhe hostel chhoor deti hu priya ne kaha aur apna bike ghumaya mai uski pichhe wali seat par baith gaya kis subject ke student ho, economics ka maine jawab diya usne apni avenger start ki aur mera interview lena suru kiya anjali tumhare hi class me padhti hai na usne puchha ha maine kaha dhayan rakna uska meri best friend hai. Tum itna sarmate kyu ho har baat pe, girl friend nahi hai kya tumhari priya ne puchha nahi maine kaha kyu ? koi tumhari jaisi mili nahi ab tak maine solid sa jawab diya jab aap kisi sundar larki ke saath ho to dil kya dimag bhi romantic ho jata hai mera jawab sunkar usne bike rokdi usne jaise hi bike roki meri fat gayi. Usne baithe-baithe palat kar mujhe dekha line mar rahe ho mujh par ankh me ankh milate huye usne sawal kiya. Nahi mai to bas yu hi maine nervous hote huye bola mere etna bolte hi vo hasne lagi. Mara muh larkiya ke bichh kisi teacher se maar khaye huye larke jaise ho gaya tha. Are pagle majak kar rahi thi maine bhi muskura diya ab mai thora relax feel kar raha tha usne fir bike start ki aur hum chalne lage. Well to tumhe girl friend banane ka man hai, man kisko nahi hota hai maine jawab diya ab mai man hi man soch raha tha ki kahi ese meri baat ka boora to nahi laga nahi-nahi agar boora laga hota to ye usi vakt mujhe bike se utar deti usne bike rok di tumhe yaha kuch dikh raha hai usne mujhse puchha. Ha, park hai yaha maine jawab diya utar usne gusse se kaha mai utar gaya ja waha park me waha bahut saari larkiya hogi use line marna usne gusse me chillate huye kaha achchha larka samaj kar lift kya de diya to bus suru hi ho gya usne last line kaha aas-pass khare log mujhe dekh kar has rahe the jor-jor se jaise hindi filmo me yamdood haste hai mere muh fir waise hi ho gaya tha. Maar khaya larke jaise.

Utarna nahi hai boss priya ne mujhe kaha aur mai sapne me khoya huaa tha. Ha maine kaha vo sirf ek majak tha mister sharmile agar apko let nahi ho raha hai to kya humlog do minute park me baith sakte hai ok. Maine kaha. Kisi larki duara diya gaya pahla naam tha mera Mr sharmile. Maine man hi man socha aur hum park ke andar gaye park me jyada bhir nahi tha. Hello Mr sharmile usne kaha ha bolo maine reply diya waha baithte hai us per ke pichhe achhi ghaas hai waha usne haatho se esara karte huye kaha maine ha me sar hila diya, hum dono aaram se ghaas pe baith gaye asli baat to ab mujhe samaj me aayi. Priya ne cigarette nikala piyoge cigarette dikate huyee usne mujhse puchha. No thanks usne lighter nikala cigarette jalayi aur ek fook mari. Tum cigarete kyu peete ho ? maine usse puchha, mai eska jawab dungi but eska pahle tum mujhe ek sawal ka jawab do usne ek fook marte huyee kaha kya maine puchha. Tum larke girls ko kyu dekte rahte ho? Kyuki hame achha lagta hai maine halki mukurahat ke saath jawab diya wahi mujhe bhi achha lagte hai usne fir ek fook mara. Tum bhi piyo achchha lagega priya ne kaha. OK mai tumhe ek offer deti hu kya maine ek ghaas ki patti torte huye bola agar tum cigarette piyoge to mai tumhe ek kiss dungi sararati muskan ke saath priya ne bola mai uski taraf dekne laga, are majak nahi kar rahi hu seriously ek fook marte huye usne bola no mujhe nahi peena hai maine kaha to kiss free me chahiye priya ne bola mujhe kiss nahi lena hai aur na hi cigarette peena hai maine kaha usne cigarette giraya aur pair se ragarte huye boli. To chalo hostel maine ha me sar hila diya hamlog park se bahar nikle usne bike start ki mai baith gaya bike chal pari. Tumhe nahi lagta hai ki tum bike thora dhire chalati ho maine usse kaha. usne kuchh jawab nahi diya kuchh der baad hum hostel pahunch chuke the usne bike roki aur mai neeche utra, upar balcony se larke hame nihar rahe the bye maine kaha or apne room par jane laga. Hello Priya ne kaha mai vapas aaya kya huaa maine puchha mai bike thora dhire chalati hu kyuki sarak par aur bhi log hai aur kis aadmi ke saath kya kahani juri hogi kaun jane, kisi ki wajah se uska ghar chalta ho samajhe usne bola aur bike start ki usne mujhe ek ankh mari aur chali gayi. Itni der kaha laga di yaar. Gopal ne mujhse puchha. Priya mil gayi thi yaar usne mujhe lift diya aur hostel tak chhora maine bag bed par fekte huye kaha. Lift dene se let hota hai kya waise tum dono ka chakkar chal raha hai kya. Gopal ne bola nahi. Maine sakth aawaj me kaha bharakte kyu ho mai to yu hi puchh raha tha. Maine kaha What's up bro lar kyu rahe ho room me ghuste hi raghu ne puchha. Are yaar kuchh bhi nahi bus yu hi ye bakwass kar raha hai Maine bola. Maine sirf itna bola ki priya ke sath eska chakkar chal raha hai. Gopal ne apni bharas nikali aisa kuchh nahi hai chhoro ye sab bate mai tum logo ko ek baath batata hu. Kis baare me Jasus Gopal ne kaha. Jise meri baat sunne me bahut interest that aaj jab mai college se bahar nikla priya mere pass aayi aur usne mujhe lift diya uske baad hum park gaye. Maine kaha tha na chakkar chal raha hai dono ka, meri baat beech me kaate huye gopal ne kaha. Abe aage to sun maine gopal se kaha jante ho priya ne mujhe kya offer diya tha, kya? gopal ne kaha usne mujhe kaha agar mai ek cigarette pita hu to wo mujhe ek kiss degi maine kaha. To tumne priya ko kiss bhi kar liya Gopal ne kaha. Uske chehre par jalan saaf nazar aa rahi thi. Nahi yaar maine usee kiss nahi kiya, tune usee chhor diya kyu gopal ne puchha, raghu hum dono ki bakwas sun raha tha are yaar wo mujhe cheap samajti maine logic dete huye kaha larke cheap hi hote hai raghu ne apna last decision diya.

Mai aaj bhi class khatam karke bahar ghum raha tha lekin aaj mai uska wait kar raha tha nayi shirt pahan kar. Mai soch hi raha tha ki kahi se vo aa jaye aur aaj bhi mujhe lift mil jaye. Pe pe horn ki aawaj sunkar mai pichhe mura priya apne avenger par baithi huyi thi usne mujhe 'hi' ka esara kiya maine bhi 'hi' se uska jawab diya aaj bhi wo jeans aur t-shirt me thi aur vo simply hi bahut beatiful lagti thi, mera wait kar rahe the kya usne muskurate huyee bola nahi mai to bas room hi ja raha tha maine haath se raste ki taraf esara karte huye usee bataye you know tum jhuth bolte huye achche nahi lagte ho thori practice karni paregi tumhe priya ne bahut pyar se mujhse kaha. Nahi yaar sach me maine dobara apna bachaoo karte huyee bola, achcha isliye 15 minute se yaha khare-khare chal rahe ho mai waha se dekh rahi thi. Mr. Majnu usne bike par baithe huyee mujhe dusra naam diya. Aur fir baalo par haath ferte huye boli aaj bhi lift chahiye kya? agar tum dena chahti ho to de sakti ho maine kaha, pahle bataoo mera wait kar rahe the kya. Ha bhi aur nahi bhi maine halki nervousness ke saath kaha are pagle mai to majak kar rahi thi itna bolkar vo hasne lagi. Baitho usne fir kaha mai uski bike par baith gaya. Usne bike start ki aur ab ham road par the. Really tumhari koi girlfriend nahi hai usne bike ko chalate huye mera interview lena suru kiya chhoti se prem kahani hai maine kaha hai to sunao. Usne just reply diya jab mai tenth me padhta tha na tab mujhe ek larki ne propose kiya tha lekin maine use koi jawab nahi diya maine kaha, usne bike rok di ice- cream wale stall ke samne. You know mujhe ice – cream bhahut pasand hai. Tumhare aage ki kahani hum ice- cream khate huyee sunege priya ne kaha aur hum dono stall me gaye. Tumhe ice cream pasand hai ya nahi usne mujhse kaha, kabhi-kabhi mai kha leta hu maine usse kaha. To tum chocolate flavour khaoo kyuki jo kabhi-kabhi khate hai na unhe chocolate flavour khana chahiye. Hum chair par baith gaye usne ice cream order kiya ab sunaoo apni kahani priye ne bola jab tum tenth me the tab ek larki ne tumhe propose kiya tha uske baad usne puchha, maine mana kar diya kyuki mai sharif type ka larka tha maine ice cream ka taste lekar bola tum sharif type ke the priye ne bola, ha yaar maine reply diya larke sirf 2 hi type ke hote hai ek wo jo flirt karte hai aur ek vo jise flirt karna aata nahi hai. OK sarif koi nahi hota hai priya ne bola aur ice cream par lag gayi. Wo baat nahi hai mai apni padhayi me busy tha maine safai di, wah kya baat hai mere desh ke bhavisya. Tumhare kandho par hi hamara desh tika hai khair uske baad aage kya hua priya ne puchha. Uske baad kya kuch nahi yahi meri first and last love story thi maine abhi abhi graduation me admission hi liya hai 10-12 love stories thori na hogi meri maine kaha vo chup chap ice cream khane lagi. Vaise tumhara boy friend hai maine thori himmat karke puchha mere puchhne par vo hasne lagi college ke professor se puch rahe ho ki sir, aaj tak aapne kitni kitaabe padhi hai usne muskurate huye jawab diya kuchh jyada bhayankar jawab nahi tha maine kaha usne kuchh jawab nahi diya waiter aaya usne hame bill diya last bite khate huye usne bahut coldy lekin tasty wala expression diya. Maja aa gaya priya ne kaha aur bill bhi usne hi diya to abhi tumhari girlfriend nahi hai bahar nikalte huye priya ne bola no maine kaha mai tumhari settting karwa sakti hu aur tumhari girl friend banwa sakti hu samjhe priya ne kaha aur bike start ki mai baith gya hum hostel jane lage pyaar ki professor hu mai samjhe Mr. Sarmile priya ne kaha, ha samaj gya raste bhar vo mujhe batate ja rahi thi dekho yaha ye mall hai aur vaha vo hai uska bak-bak sunte huye mai hostel puhunch gaya usne bike roka larke balcony se hame usi tarah se dekh rahe the mai bike se utra. To tum mere boy friend kal se sirf kuch din ke liye samjhe na priya ne bola, matlb mere setting tumhare hi saath huaa hai maine bola usne mujhe ek smile diya aur chali gayi.

Mai aaene ke samne khara apna dress dekh raha tha kya baat hai aaj bahut jaldi ready ho gaye ho dono ne gahrayi se mujhe dekte huye kaha. Humlog to college padhne jate hai na kisi ne ye mahan line kahi thi kabhi es room me Gopal ne kaha jab larke din me bar-bar ainak dekne lage na to samajna ki use mohabbat ho gaya hai. Raghu ne diwaar par tirchhe khare hote huye ekdam romantic andaj me kaha. To tumlog sunna chahte ho ki mai itna saj-sawar kyu raha hu maine apna shirt thik karte huye bola. Dosto apni kaan aur dukan khol lo aur suno aaj ka breaking news, Priya meri girl friend ban chuki hai, kya dono ne ek saath bola. Maine kaha priya meri girl friend ban chuki hai ye nahi kaha ki mai gay hu aisa kya chowk rahe ho maine kaha. Thora smart mai bhi hu aaene me khud ko dekte huye maine kaha bhai party to banti hai raghu ne kaha tune char din me ek larki kaisi pata li kuch to locha hai gopal ne apna jasusi dimag lagate huye kaha. Well mai chalta hu koi mera intazaar kar raha hai maine mukurate huhe kaha abe saale ruk hame bhi college hi jana hai gopal ne chilla ke kaha ignore karte huye mai aage badh gaya. Kuchh der bad mai college pahucha maine class attened kiya but mera man nahi lag raha tha. Class khatam huee mai class se bahar nikla hi tha ki wo bike ke saath mere paas aa gayi usne just mere aage break mara. Hi handsome usne kaha agal-bagal wale larke usee hi dekne lage maine bhi hi kaha aaj bahut beautiful lag rahi ho tum. Maine usse kaha usne mukura diya. Baitho usne bola yahi college me sabke samne maine thora nervous hote huye bola lift usne mujhe college ke bahar hi diya tha ab tak priya bike se utri aur mere pass aa gayi usne mere shirt ko pakarke apni taraf khicha hum itne samne aa chuke the ki mujhe uski sans feel ho rahi thi fir usne bolna suru kiya pyar karne ka pahla rule jigara strong kar lo samjhe Mr. Boy friend uske duara diya gya thisra naam. Usne meri shirt thik ki aur wapas apni bike par baith gayi aur mujhe bhi baithne ka isara kiya mai silently bike par baith gaya. Waise couples ka bike par baithna normal tha but priya ke bike pe baithna ekdum normal nahi tha. So hamare aas-pass ke sabhi log hame dek rahe the ki ye larka hai kaun matlab college ki top larki ki bike par baitha kaise. but jo bhi ho mujhe bahut maza aa raha tha hamari bike gate se bahar nikli aur ab hum road par the. Hum kaha ja rahe hai maine uske kan ke pass jakar jor se bola usne kuchh jawab nahi diya aakhir hum apni manjil pahuch hi gaye usne bike roka. To Mr. boyfriend purse me paise hai na bike se utarte huye usne kaha dukan kharid sakta hu itna hai maine jawab diya. Tum bhi na thore kamine ho lekin usne mukurate huye kaha. Hello bahi shahab do jagah pani poori dena priya ne bola hum logo ne apna-apna plate haath me le liya pani puri vale ne ek pani poori mere plate me dala, vaha aur do larkiya bhi paani poori kha rahi thi. Jaise hi mai use khane gaya ruko priya ne apne haatho se esara kiya banda kya karta ruk gaya galti se panipoori wale ne waha khare doosri larki ko pani poori de di jabki bari priya ko dene ki thi. Mai bhi bahut sundar hu bhai sahab ek mujhe bhi khila hi digiye Priya ne panipoori wale se kaha. Paanipoori wala use dekne laga maidam mistake ho gaya, de raha hu pani poori wale ne priya ko kaha are koi baat nahi, mistake chhoro ye batao mai sundar lag rahi hu ki nahi. Priya ne kaha hamare bagal me jo larkiya kha rahi thi na. Vo bhi hame hi dekh rahi thi aap to beautiful hai hi maidam. ek pani poori Priya ke plate me dalte huye muskura kar pani poori wale ne kaha maine apne plate ki or dekna pani poori mujhe dekh raha tha aur mujhse kah raha tha tere chakkar me mai to poora gal gaya. Saale larki mili to pani poori ko bhul gaya. maine usse sorry kaha fir maine priya ke plate ko deka usme abhi abhi taji pani poori aayi thi priya ne vah paani poori uthyi aur mujhe khilaya aur fir mujhse kaha ab tum khilao mera dharkan uske bike ke speed se dharak raha tha ek to achanak se usne mujhe pani poori kila di thi aur dusri or dono larkiya hame hi dekh rahi thi kya huaa khilaoo usne dobara kaha. Maine use khilaya pani poori wala dusre ko pani poori khilane me busy tha. Shayad ye scene vo har roj dekta tha. Isliye use koi fark nahi par raha tha usne hamare plate me ek pani poori dali ab hum ek saath khayenge. Tum mujhe kilana aur mai tumhe ok usne bahut teji se kaha maine sirf sar hila diay maine pani poori liya ek haath se maine khilaya aur dusre hath see usne, pasand aa gaya hai kya bar-bar ese kya dekh rahi ho. Priya ne un larkiyo ko kaha mujhe lag hi raha tha ye un larkiyo ko jawab degi unhone koi reply nahi diya. Humlogo ka paani poori kana ho gaya uske baad humlogo ne hath dhoya. Jaise hi mai apna muh saaf karne gaya usne mera haath pakar liya usne apne rumal se mera muh pochha dono larkiya fir hame dekh rahi thi priya ne unlogo ki taraf dekha to turant unhone apna muh udar fer liya, Kya karu mere boyfriend thora sharmila hai na priya ne unki taraf dekte huye thora jor se bola pani poori wale ko paise maine diya. Ye kuchh jyada nahi ho gaya bike ke pass aakar maine usse kaha mai to en larkiyo ki thori khichayi kar rahi thi mai usmse dekne laga are pagle ye sab pyaar hai usne apne ungaliyo se meri gaalo ko khichte huye kaha jab wo aise bolti thi na to mujhe bahut hi achha lagta tha, ab kaha chalna hai maine usse puchha sochne ke liye mujhe ek cigarette chahiye mai use kekne laga abhi nahi usne muskurate huye kaha ab hum chalenge filn dekhne waisi wali film usne bahut ajib tarah se smile dete huye kaha. Mtlb maine usse puchha matlb tumhe bahut maza aane wala hai lekin tum waha kaise jaoogi kisi ne pahchan liya to aree koi nahi panchanege usne apni bag se ek jacket aur kapra nikala usne apna muh dhak liya aur jacket pahan liya ab chalte hai usne mujhse kaha aur tumhari bike maine kaha ye yahi khara rahega aur hum taxi se jayenge usne kaha maine ek taxi rukwayi hum usme baithe thori der baad hum apni manjil pahuch gaye. Taxi se utarkar maine use bhara diya maine use five hundred ka note diya usne mujhe wapas paise lautaya aur paise lautate waqt vo mujhe dhyan se dekh raha tha jaise ki wo samjh gaya ki priya ek larki hai aur hum adult movie dekne ja rahe hai priya ne mera haath pakra pahli baar mujhe bahut achcha mahsus huwa vo mujhe ek dukan le gayi ek cigarette priya ne dukandar se kaha dukandar ne usee ek cigarette diya priya ne lighter nikala aur vahi cigarette peene lagi, bhai sahab 10 rupees dukandar ne kaha. maine use 10rs diye. Tum yahi sarak par piyogi maine usse bola piyungi ka kya matlab mai pee hi rahi hu priya ne kaha maine koi jawab nahi diya us dukandar ne kya kaha tumne suna. Priya ne cigarette peete huye kaha kya maine puchha bhai sahab 10 rupay usne mujhe bhai sahab kaha matlab ab mujhe yaha sab larka samaj rahe hai agar mai cigarette piyungi na to sab sochenge ki mai larka hu. Maine ha me sar hila diya us dukan se hum paidal hi us jagah pahunche. Jo ek gali se hokar jati thi jaoo 2 ticket le kar aaoo, usne cigarette feka, aur apna kapra ko thik tarah se dhak liya, chalo ab maje karte hai usne mera haath pakar kar bola aur hum cinema hall ke andar chale gaye, poora hall bhara huaa tha hum apne seat par jaakar baith gaye. Shayad pure hall me wo akeli larki thi. Film suru ho gaya tha mai ye pahli baar dek raha hu maine usse kaha mai bhi pahli baar dek rahi hu kisi larke ke sath aur vo lucky man tum ho usne mujhe dhire se kaha ek wife jo apne husband se satisfy nahi thi uske pati ke pass time nahi tha so uska affair uske hi husband ke ek dost ke saath chal raha tha bus yahi ek story thi. Is tarah ke movies me aisi hi stories rahti hai maza aa raha hai na priya ne naughty smile dete huye dhire se kaha bahut maza aa raha hai maine kaha movie sirf one hour ki thi movie poori khatam huyi aur hum bahar nikle. Do chips ke packet dena maine dukandar se kaha usne diya priya ne jhat se use lene ke liye apna haath badaya aur le liya maine apne purse se paise nikale aur us dikandaar ko de hi raha th ki maine suna ki abe ye larki thi, kya? ek larke ne dusre se kaha cigarette pita hua dusra larka priya ko ghoor ke dekhne laga aur priya jee chips khane me busy thi un done ki baat sunte hi mai priya ke pass turant gaya oye bhai sahab paise to wapas le lo dukandar ne mujhe kaha priya jaldi chalo yaha se maine uska haath pakrte huye, kaha kya huaa usne chips khate huye mujhse bola un larko ne tumhe pachan liya hai aur vo hamare pichhe aa rahe hai maine usse bola, to ruke kyu ho chalo bhago priya ne bola hum daur kar bahar aaye aur vo hamare pichhe the. Taxi, maine ek taxi rukwayi hum jaldi se usme baith gaye kaha jana hai sahab Taxi wale ne puchha bhi tu chal na hum aage bata denge maine kaha taxi wala thora aage badha tab hame relax feel huaa. Yaar maza aa gaya but aise pahli baar huaa hai lekin unlogo ko pata kaise chala usne puchha. Jab tum chips le rahi thi na tab unhone tumhare beautiful nails par jo painting ki ho na usse dekh liya tha samjhi, maine thora serious mood me kaha are yaar koi nahi tum itna seriuos kyu ho rahe ho ese adventure kehte hai baby, usne apne kandhe ko mere kandhe me marte huye kaha, hum pani poori ki dukan pahunch gaya maine taxi wale ko paise diye priya tumhari bike bahut mast hai maine bike par baithte huye kaha usne bike start kiya kuchh der baad hum delhi ki road par aa gaye aur vo mujhe aas-pass ke bare me batane lagi. Hum dono din bhar edar udar mall vagaira ghumte rahe. Priya ne mujhe karib aadhi Delhi ghuma diya ghumte-ghumte raat ho gayi ab hame chalna chahiye ice cream khate huye maine kaha achha ek baat bataoo. abhi tak maine tumhe pyaar karne ke kitne tarike batay usne mujhe puchha mujhe yaad nahi hai maine kaha sahi baat hai jiske saath meri jaise beautiful larki ho use tarike kya yaad rahenge usne muskurate huye kaha. Bike par baith kar hum sidhe hostel pahunch gaye mai bike se utarkar khara ho gaya priya bike par hi baithi rahi aaj bahut masti ho gayi na maine usse kaha mere dono haath mere pocket me the haa usne aona sar hilaya ek baat bolu usne mujhse kaha, bolo ek kya das bolo mai sunta hi rahunga maine bola wo muskurane lagi majnugiri ghus raha hai tere andar usne mukurate huye kaha thora-thora maine kaha waise tum kya bolne wali thi maine kaha. banda tum bhi mast ho usne kaha vo to mai hu hi maine jawab diya kuchh der hum chup-chap khare rahe. Kuchh bolna hai priya ne mujhe puchha nahi maine use jawab diya. OK bye usne bike start kiya aur chali gayi. mai wahi khara use dekh raha tha Jate huye, thori door jane ke baad usne apni bike wapas ghumaya. Vo wapas meri taraf hi aa rahi thi wo mere pass aaee bike khara kiya aur bike se utri mere najdeek aayi aur apne hotho ko mere hotho se mila diya usne mujhe kiss kiya yahi kahne tha priya ne kiss lene ke baad kaha fir wo bike par baith gayi usne bike start kiya ab tum ja sakte ho ab mai dobara nahi aaungi usne mujhe muskurate huye kaha aur chali gayi mai thora sock tha kyuki mai soch raha tha ki abhi kuch der pahle huaa kya tha but jo huaa bahut hi mast huaa maine apne aap se kaha aur apne room chala gaya. Kaha se aa rahe ho be itne raat ho gayi mere room me in karte hi jasus gopal ne puchha priya ke saath ghum raha tha maine bed par baithte huye jawad diya aaj kal bahut maza mar raha hai ye.

Raghu ne bola Jo bed par soya huaa tha ek baat batau tum logo ko maine bola, kya jasus gopal ne puchha aaj priya ne mujhe kiss kiya, wow kya baat hai raghu ne kaha. Tujhe to bahut maza aaya hoga gopal ne kaha mujhe kiss lene me jitna maza nahi aaya na utna maza tu jo jal raha hai na usme aaya, maine haste huye kaha. Tumne use kiss to kar liya lekin abhi tak tumne usee koi gift diya. Raghu ne bola nahi maine kaha tum saale garib aashiq kabhi nahi sudhroge. To kya gift du use maine raghu se bola ye baad me sochna pehle ye batao pahle kabhi ayyasi kiye ho raghu ne hamse puchcha nahi ham dono ne ek saath jawad diya let's go aaj raat. Ayyasi karte hai pub chalte hai raghu ne sharabi aankho se dekte huye hame bola mera baap crorepati nahi hai gopal ne kaha aur self se ek kitab uthakar padhne laga. abe garib ayyas mere paise par chalo. Raghu ne kaha gopal ne kitaab ek or feka aur muh banate huye gana gane laga ye dosti hum nahi torenge torenge daru ki bottle bas-bas ho gya ab ready aur fresh ho jaoo. Samjhe raghu ne bola hum tino ready hokar pub pahunche pub bahut shandar tha aur gate ke pass 2-3 bodyguard kale kapre pahne huye khare the hum tino pub ke andar gaye bahut high music tha aur koi english gana baj raha tha sabhi log paglo ki tarah jhum rahe the raghu ne bhi apna kandha hilate huye dance shuru kar diya saalo daru kam peena raghu ne humse kaha ek larki raghu ke pass aaee raghu dance karte huye uske saath chala gaya hum dono us counter pe chale gaye jaha bear milti thi ek larki dj wale se bahas kar rahi thi mujhe laga ki kahi ye priya to nahi hai maine dhyan se use dekne ki kosis ki are ye priya hi thi mere dimaag ke ek kone me khusi ka ek bulb jala gopal wo priya hai kya dekh to dhyan se maine confirm karne ke liye gopal se puchha shayad wahi hai gopal ne apna jasusi dimag lagate huye kaha priya ne meri or dekha maine use hath dikhaya. Wo mere pass aayi. Tum yaha kya kar rahi ho mai to tumhe bahut sharif larka samajti thi mujhe nahi pata tha ki tumlog wisky bhi lete ho usne hamare haatho me pakre huye glass ko dekte huye kaha ab mai useme kaise batata ki ye haram ka hai nahi mai pahli baar hi aaya hu maine kaha ha humlog pahli baar hi aaye hai. Gopal ne mera saath dete huye kaha, chalo dance karte hai usne mere kandhe pe haath marte huye kaha mujhe dance karne nahi aata hai maine usee jawab diya mai shikha dungi ekdum mere pass aakar usne kaha mera haath pakarkar wo mujhe bhir me le gayi usne dance suru kar diya uske baal body aur sub kuchh music ke sath jhumne lage usne apne dono haatho se mere collar pakra aur mujhe apne najdik layi aur fir pichhe mur gayi. uska poora body mere body ko touch kar raha tha usne mera ek haath pakra aur apne kamar par rakh diya aur apna doosra hath usne mere kandho par rak diya hum esi tarah thori der jhumte rahe dance ke last step par wo mere paas aayi aur kaha ab hum pyaar ke rule ko aage badhate hai aur wo counter ke pass gayi 2 bottles liye aur mujhe bhi haath se aane ka esara kiya mai uske essaro ke pichhe chalta gaya hum pub ke pichhe pahunch gaye waha ek bahut sundar type jagah tha charo or lighting ki gayi thi jo colourful thi usne mera ek haath pakra aur hum ek rock ke design si bani ek chij par baith gaye usne wisky ke bottle ka cap open kiya aur mujhe puchha wisky loge pita to nahi hu but tum bolo to jahar bhi pee lunga Maine kaha oo ho nase me mai hu aur ye sahab dialouge chipka rahe hai usne kaha.aur doosri wisky ki bottle mujhe thama diya ek baat puchhu maine wisky peete huye bola,bolo usne kaha tum itni masti karti ho itne relationship me rahi ho bus yahi sab karti rahti ho ya fir life me kuch karna bhi hai, vo mujhe ghurne lagi. Jawab nahi dena hai to koi baat nahi maine use kaha, nahi aisi baat nahi hai usne ek ghut marte huye kaha pub me kisi larke ne mujhse aaj tak aisi baat nahi puchhi thi sab yaha sex ki baate karte hai ya eshara karte hai tum pahle ho jisne mujhse ye sawal puchha mai ek neta banna chahti hu aur tum, meri taraf dekkar usne bola kabhi-kabhi shayri likh leta hu maine kaha. To kya ye nacheej tumhari shayri sun sakti hai priya ne acting karte huye kaha. Tum shayri sunna janti ho maine kaha matlab mai samjhi nahi shayri sunne se pehle shayri sunna shikho maine kaha oo ho professor sahab kya baat hai jara hame bhi shikhaeye sharyi kaise suni jati hai. Ye bottle to pahle feko maine usse kaha usne ek saath poori bottle pee li aur fek diya aur mere ekdam pass me baith gayi. Jab koi shayri sunay na tab sirf uski aankho me dekho maine kaha. Vo meri aankho me dekhi ja rahi thi jaise hi maine shayri sunana shuru kiya usne suddenly mujhe kiss kiya aur fir ruk gayi aur pichhe hati mujhe 2 pal dekha aur fir kiss kiya aur lagataar karti rahi aur maine bhi uska saath diya vo fir thora ruk gayi maine uske kandho par haath rakha priya tum nashe me ho maine use sambhalte huye kaha. Tab tak anjali vaha aa gayi priya chalo bahut raat ho gayi hai anjali ne use uthate huye kaha uske saath saath mai bhi khara ho gya. Hello, priya ne kaha aur meri collar ko apni aur khicha hotho ki doori ko ek metre se kam rakha karo nahi to mujhe control nahi hota hai samjhe usne kaha maine haa me sar hila diya. Bye shayar shahab nashe me jhumte huye usne kaha aur mujhe flying kiss diya anjali usee samhalte huye le gayi mai bhi pub ke andar chala gaya counter par raghu khara tha maine use door se hi dekh liya mai uske pass gaya gopal kaha hai wisky peete huye usne puchha pata nahi maine kaha vaha khare-khare maine apni nazre ghumaee are bhai sahab jane do mujhe mai larki nahi hu gopal ne kaha jo ek dance karte huye larko ke group me fas gaya tha ve log nashe me chur the kisi tarah gopal vaha se bahar nikla. Maine gopal ko aawaj lagayi but use sunayi nahi diya maine use haath dikhaya fir vo hamare pass aaya vah saalo larki mili to dost ko bhool gaya aur ye gopal ne mere taraf esara karte huye bola ye vaha pub ke pichhe priya ke saath chumma chati kar raha tha gopal ne ek hi sans me poori baate kah di. larka jawan ho gaya hai raghu ne apne drink ko poora khatam karte huye bola ha bro gopal ne kaha chalo bahut raat ho gayi hai maine kaha hum waha se nikle aur sidhe hostel pahunch gaya.

Aaj college me bahut shor sharaba ho raha tha sutro ke anusaar maine pata kiya to pata chala ki aaj election ke jeet haar ka decision hone wala hai mai bhi waha khare bhir me shamil ho gya. Anjali aur bahut saari larki priya ko ghere huye waha khari thi aur dusre taraf kunal apne gang ke sath khara tha dono waha is baat ka intezaar kar rahe thee ki kaun jitega. Halanki poora college hi es baat ka wait kar raha tha, es baar election girls v/s boys ho gaya tha. Aap larkiyo ke ajib se reaction ke baare me jante honge anjali priya ke paas aayi tab tak silent mode me thi. Suddenly usne chillaya khushi se chillaya aur sabhi larkiyo ne uska saath diya aas-pass khare larke yahi sochne lage honge ki saala huaa kya hai kuch pal chikhne ke baad. Tu jeet gayi anjali ne chilla kar kaha ab jawab ke roop me priya bhi khushi se chillayi. Priya un larkiyo ke bhir se bahar nikli college administration ne ek jagah chhota sa stage banaya Jo bhi jeetta waha jakar bhasan deta ..priya josh me aa gayi priya haath uppar karke gardan aage pichhe karke nachne lagi. Poora college usi ko dekh raha tha isi tarah nachte huye vo kunal ke pass gayi apni danto se honto ko dabakar gardan hil hila kar uske samne dance kar rahi thi poora college kunal ko dekh raha tha kyuki kunal ka chehra dekne layak tha. Priya bhasan nahi dena hai chalo anjali ne kaha are janeman mai to paida hi huyi hu bhasan dene ki liye priya ne devanand style me kaha aur stage par chali gayi. usne apna gala saaf kiya aur bolna suru kiya thi guys abhi-abhi mujhe pata chala hai ki mai jeet gayi hu usne bola aur chillaya wooo sabhi logo ne bhi chilla kar priya ka saath diya friends mai aapse ek sawal puchhti hu. Tell yaha kiska chehra aisa lag raha hai ki jaise kisi bandar ko ulta latkakar uske pichhware par do danda lagaya ho. Priya ne kaha to sabhi log kunal ki taraf dekne lage sabhi log halka muskura rahe the. Sahi pahchana aapne priya ne bola kunal ka chehra gusse se lal ho gya tha abe hat ek larke ko dhakelta huaa vah bhir se bahar nikla aur gusse me vaha se chala gaya hum teeno canteen chale gaye. Jo college ke side me hi tha. Hum ek table par baith gaye raghu ne 3 cold drink aur chips mangwaye ab hamari gehan discussion suru huaa bro tumhe kya lagta hai gopal ne bolna suri kiya, kis baare me chips ka cover kholte huye raghu ne bola priya election kaisi jeeti hogi chips khate huye gopal ne puchha priya bahut famous hai college me tumhe pata nahi hai aur wo kitni hot bhi hai. Tumhe pata hi hoga cold drink khatam karte huye raghu ne bola so poore college ne use vote diya aur vo jeet gayi. Ek chips khate huye gopal ne kaha so girls ne bhi use esliye hi vote diya hoga maine kaha dono mera muh dekne lage. Tumhara phone baj raha hai raghu ne mujhse kaha maine call receive kiya. Hello udhar se aawaj aayi kaun bol rahe ho maine kaha, bahut jaldi mujhe bhul gaye aap, udhar se aawaz aayi ooo priya maine kaha ha aaj sham party hai so apne dosto ke sath aa jana usne kaha. Kis khusi me maine usse puchha mere jitne ki khusi me anjali ke farm house me party hai aa jana usne kaha but tumhara farm house kaha hai. Hamne aapka number pata kar liya aur aap hamara farm house nahi pata kar sakte hai usne kaha ok mai farm house aa jaunga maine kaha aur mobile apni pocket me rakh li. Kaha party hai be gopal ne apna cold drink khatm karte huye puchha anjali ke farm house me priya apne jeetne ki khusi me party de rahi hai but hame farm hous khojna hai samjhe maine kaha. Samaj farm house khoj liya raghu ne flimy style me bola hamara drink khatam ho chuka tha aur hum hostel ke liye nikal gaya.

Yaar raghu tu to bahut smart lag raha hai gopal ne kaha hum apne hostel ke kamre me the smart to mai paida hi huaa hu raghu ne perfum lagate huye kaha. mai apna baal sawar raha tha yaar mai tumlogo ko kuchh batana chahta hu maine bola kis baare me jasus gopal ne sabse pahle bola priya meri girl friend kuch din ke liye bani thi but ab mujhe usse pyaar jaisi feeling ho rahi hai maine undono ko dekhte huye kaha dekha maine kaha tha na jarur kuch locha hai gopal ne raghu se kaha.

To ab karna kya hai raghu ne kaha wahi to mai tumse puchh raha hu propose kar de use jute ke feete ko bandte hue raghu ne kaha agar usne mana kar diya to maine bola. To kya fark parta hai mera bhai Mera bhi ek kwaab tha ki jeans pahni huyi larki jo scooty chalati ho wo meri girl friend bane to ban gayi kya? gopal ne kaha sun bro ye jo larkiya hoti hai na maths ke question ki tarah hoti hai starting period me tuff lagti hai but baad me solve ho jati hai samjhe na raghu ne kaha aur perfum laga kar charo or khusboo faila diya. Jaldi chalo hum late ho rahe hai gopal ne kaha hum sab room se bahar nikle aur bike par baith gaye wait one minute maine kaha ab kya huaa dude raghu ne puchha mai kuch bhool gaya hu 2 minute me aa rahu hu mai dour kar apne room gaya ek red colour se pack gift maine rakha tha use lekar phir wapas bike ke pass aa gaya. Ye kya hai be gopal ne puchha ese gift kahte hai bro. Priya ke liye hai maine kaha kya hai isme raghu ne puchha maine uske liya ek purse kharida hai tumne hi to kaha tha ki usee koi gift do bike par baithte huye maine kaha raghu ne bike start ki aur.

Thand ka maza lete huye hum anjali ke farmhouse pahunche farmhouse bahut bara tha aur bahar se to lag hi nahi raha tha ki andar koi party bhi chal rahi hogi bro tumne farm house dundha kaise maine puchha ye tilent sirf hamare jaise smart larke me paaye jate hai raghu ne kaha humne farm house ke andar kadam rakha party to priya ne bahut highfi diya tha DJ bhi tha decoration bhi damdar tha. Priya ne hame dekha aur vo hamare pass aayi aaeye aapka hi intezaar tha priya ne kaha maine use gift diya iski koi jarurat nahi thi yaar ye to bus yu hi maine masti ke liye party rakhi thi priya ne kaha ye sirf mere taraf se hai tumhare liye maine usse kaha, oo really usne gift lete huye kaha aaj priya ne jeans aur red top pahna tha jisme vo aur bhi sundar lag rahi thi priya dresses bahut simple pahanti thi but phir vo bahut deautiful lagti thi chalo mai tumhe apne dosto se milwati hu usne kaha aur hame apne ek larkiyo ke group ke pass le gayi. Priya ne unse hamara intro karawana suru kiya hello girls inse milo ye hai aanand gopal and raghu aur ye hai mere friends priya ne kaha Hi, ek larki ki taraf haath badhate huye raghu ne kaha us larki ne bhi raghu se haath mila liya girls tum janti ho aanand me ek special quality hai ye sahab shayri bhi bolte hai. ooo sabhi larkiyo ne ek saath kaha excited hokar priya ne wo bol diya jo usee nahi bolna chahiye tha. oo ho raghu ne ek cold drink ka glass uthate huye bola hame to pata hi nahi tha jasus gopal ne bola mai uska muh dekne laga sahi me yaar gopal ne kaha ab drama suru huaa larkioy ka hame bhi sunaao ek red dress pahni larki ne kaha are mai to bas yu hi meri baat poori huyi bhi nahi thi ki please yaar sunaoo na ek doosri larki ne kaha. Nervous kyu ho mere dost priya ne mere kandhe par haath marte huye kaha isse pahle priya kuch dyan deti maine bola thik hai mai suna raha hu priya DJ wale ke pass gayi haath me mike liya aur bolna suru kiya guys tum sab yaha aaye mujhe bahut achha laga but es party ko char chand lagane ke liye ek larka aapke samne shayri pesh karne ja raha hai lekin lekin lekin aap log jante hai shayri kaise suni jati hai nahi jante hai na mai batati hu sab koi uski aanko me dekhiye aur shayri suniye. Then guys are you ready priya ne chilla ke puchha vooo sabhi logo ne chilla kar jawab diya light poora neela ho gya ek please wali larki ne mere haath me mike de diya priya ne mere theory ka maa bahan karke rakh diya tha ek to mai pahle se hi nervous tha aur sab mere hi aanko me dekh rahe the aaj agar neil armstrong hota na to mai unhe batata ki aapka dil chand par jis speed se dharak raha tha na usse jyada aaj mera dharak raha hai but ab to mujhe bolna hi tha maine gopal aur raghu ki taraf dekha dono muskura rahe the mujhe sharyi bhi yaad nahi aa rahi thi but fir bhi maine himmat karke bolna suru kiya jab tumhe shayro ki sharyi samaj aane lage jab tumhe chand thora aur khoobsurat nazar aane lage jab tumhare lab yu muskurane lage, to samajna tumhe mohabbat si hone lagi hai meri shayri khatam huyi maine apna best wali shayri sunayi thi lagbhag 2 second tak sannata raha maine socha yaar kisi ko samaj nahi aaya kya but agle hi pal sabne taliya bajayi. Tab mujhe relax feel huaa maine priya ki or dekha wo bhi tali baja rahi thi light ab rang birangi ho gayi. DJ wale ne mast sa english song laga diya aur sabhi logo ne dance suru kar diya mai raghu aur gopal ke pass chala gaya. Tum log yahi khare raho mai dance karke aata hu raghu ne bola aur chala gaya jis larki se usne baath miliya tha usi ke saath dance karne priya mere pass aayi mera haath pakra chalo dance karte hai usne kaha tum janti ho na mujhe dance karna nahi aata hai maine kaha. Mai shikha dungi mai uske saath chala gaya gopal bechara akela ho gya humdono bhi dance karte huye couples ke bich chale gaye sabhi couples dance kar rahe the mai aur priya dono floor par thee priya mujhe dekh rahi thi aur mai priya ko mujhse nahi hoga maine kaha priya ne apne hoto pe apni ungali rakhi aur mujhe chup hone ka esara kiya usne mera ek haath pakra aur apne kamar par rakha aur apna ek haath mere kandhe par rakha. Fir hamme ek dusre ka haath pakra aur pairo ko aage pichhe karte hai dance karne lage. Tabhi mujhe yaad aaya ki aisa dance to maine bachpan me filmo me dekha tha. mera haath pakarte huye wo aage gayi beautifully round huyi aur wapas mere baho me aa gayi usi waqt music stop huaa aur light jal gayi, sabhi ne jordar taliya bajayi means dance show khatam ho gaya humlog wapas gopal ke pass gaye, anjali gopal ke saath khari thi aur baate kar rahi thi aur saari larkiyo ka group bhi vaha jama ho gya. Priya tumhe aanand ne gift me kya diya hai ek larki ne puchha maine abhi tak dekha nahi hai drink peete huye priya ne kaha. Tum to bata hi sakte ho Mr. shayar sahab kuch khas nahi bas jyada costly gift bhi nahi hai maine kaha kyuki mai halka nervous tha jyada suspense banane ki jarurat nahi hai yaar mai gift lati hu aur abhi kholti hu sab dekh lena priya gayi aur usne gift laya usne dabbe ko counter par rakha aur usne dabbe ka rapper fara. Sabki nazar priya ki taraf thi specially gopal aur raghu ki nazar priya ne dabba ko khola aur usme se gift nikala lekin usme se bag nahi red colour ki bra nikli mere hosh urr gaye raghu jo drink pee raha tha vo sarak gya gopal mere taraf dekhne laga aur mai uski taraf masoom sa chehra bana ke abhi haadsa tala nahi tha. Tabhi usme se ke panty bhi nikla maine drink gatka aur sabhi larkiya priya bhi meri taraf dekhne lagi party over gopal ne kaha waiter ke plate me glass hum teeno ne ek saath rakhe mai chalta hu maine kaha aur hum teen party se bahar jane lage mai inhe chhorkar aati hu priya ne mere gift ko dabbe me rakha aur hamare pichhe aane lagi gopal aur raghu aage-aage uske pichhe mai aur mere pichhe priya hum farm house ke bahar aa gaye priya ko pichhe dekh mai dhire ho gaya. Priya aur mai dhire-dhire aage badh rahe the. Jaha raghu ki bike khari thi waha gopal aur raghu pahunch chuke the mai aur priya chuo chap aage badh rahe the mai jaanta tha ki wo meri baat ka bura maan chuki hai mujhe samaj nahi aa raha tha ki kya karu fir bhi maine baat karne ke erade se bola lagta hai baarish hone wali hai usne kuchh reply nahi diya mera dimag ye soch raha tha ki ye sab kaise huaa yaar aur chup-chup humdono chal rahe the tumhe mere size pata hai usne kaha hum ruk gaye mai muskurane laga aur vo bhi maine pyaar karne ke jo rule bataye shayar sahab lagta hai ki aap kuch jyada hi achchi tarah se rule samaj gaye hai priya ne halki smile ke saath kahi. Well, aaj tumhara exam hai bataao maine pyar karne ke jitne rule tumhe bataye usse tumne kya shikha do pal mai chup raha bolo priya ne bola pyar karne ka sirf ek hi rule hota hai hum jisse pyaar karte hai na hum uski respect karte hai maine kaha usne muskura diya abe majnu ki aulad room nahi jana hai kya raghu ne chilla kar kaha ok bye maine priya se kaha aur undono ke paas chala gaya abe saale tujhe yaha se maar kha kar jana hai kya gopal ne mujh par apna bharas nikala mai bike ke pichhe baith gaya vo mujhe hi dekh rahi thi aur haatho se bye kar rahi thi dhire dhire hamari bike farm house se door ho gayi raghu tej chala baarish hone wali hai gopal ne kaha rimjhim rimjhim baarish suru ho gayi aur halka bhingte huyee hum hostel pahunch gaye bike rokte hi saale koi gift me ye deta hai raghu ne bike khari karte huye bola bhai maine nahi diya tha pata nahi gift kaise badal gaya maine apne bachao me kaha hum room ke andar gaye 2-4 dozen cases solve kar chuka hu maine aaj tak life me aisa nahi kiya bed par baithe hue mai sun raha tha aur raghu kahte ja raha tha lekin wo boora nahi mani hai meri baat ka maine kaha but maine unhe size wali baat nahi batayi Tu to use propose karne Wala Tha na Raghu ne kaha are yaar ye Wala kaand ho gaya nahi to Mai use propose karne hi Wala Tha Maine kaha agar wo mujhse naraj ho gayi na to baat bhi nahi karegi maine andaja lagate huye kaha to ab kya karna hai raghu ne kaha abhi jakar usko propose kar du kya maine kaha dono mera muh dekne lage baarish hone wali hai bro raghu ne kaha. Tu chabhi de na maine uske haath se chabhi lete huye kaha tu kyu shock me khara hai Raghu ne gopal se kaha bhai 2-3 dozen etne to mujhe sapne me bhi nahi aati hai gopal ne kaha, Tu ja Bhai eska bakwas mat sun Raghu ne mujhse kaha mai room se nikla aur jaise hi bike start ki baarish suru ho gayi fir bhi Mai ruka nahi. Mai bike chalane laga barrish thori tej ho gayi thandi-thandi hawaye chalne lagi bunde sidhe mere chehre par lag rahe the but mujhe jaldi priye ke pass pahunchna tha maine bike ki speed badha di ab thori hi door hai maine khud se kaha thori der baad mai uske farm house pahuncha maine bike khari ki farm house ka gate khula huaa tha priya bahar hi khari thi mai uske pass gaya. Priya maine bola vo dusre taraf dekh rahi thi are tum kya huaa etni baarish me kyu aaye usne kaha mai poora bhing chuka tha vo mujhe dekh rahi thi mera kuch tumhare pass chhut gaya hai maine kaha kya usne suspense type smile dete huye puchha mera dil tumhara pass chhut gaya hai maine bola aur uske bahut pass jakar khara ho gaya. I Love You Priya maine bola priya chalo baarish khatm ho gayi just usi waqt larkiyo ka ek group aa gaya usme se hi ek larki ne bola priya chali gayi bina mujhe kuch jawab diye baarish ekdam se ruk gayi thi mai bahar nikla bike start ki aur hostel ke liye nikal gaya raste bhar ye suspense lekar ke ki usne kuch reply kyu nahi diya sala ye gift kisne badla hoga man hi man sochta huaa mai bike chala raha tha. Etni baarish me bhingne ki kya jarurat thi hum ek doctor ke clinic me the doctor ne medicines likte huye kaha ese ek din ke liye bharti karwa do but sir eski kya jarurat hai maine turant reply diya. Tumhari marzi mere kaam tha kahna doctor ne kaha thankyu sir maine kaha hum wapas hostel pahuche. Aa gaya aashiq mere room me enter karte hi gopal ne kaha uska call aaya tha gopal ne dobara kaha. To kya kaha tumne maine bed par baithe huaa kaha yahi ki tu bimar ho gaya hai aur doctor ke pass gaya hai gopal ne kaha. To fir maine bola to fir kya tu itna inquiry kyu le raha hai uske baad usne call cut kar diya tha mere mobile ki ring fir bajne lagi phone ke pass gopal hi baitha tha ye lo uska call aa hi gaya. Gopal ne mujhe phone dete huye kaha hello maine kaha kya haal hai janab udhar se aawaj aayi aapke ishq me mujhe maleriya ho gya hai maine kaha maine adult movie aur adult message dekha tha but adult gift aaj tak nahi dekha tha chahe jo ho mujhe bahut mast laga maine gopal se esara karte huye ek bottle manga kyuki mujhe bahut pyass lag rahi thi. Phone speaker par kar saale hum bhi sunte hai wo kya bol rahi hai halwa kha nahi sakte hai to kya kam se kam uska sugandh to le sakte hai gopal ne kaha maine phone speaker par kar diya mujhe tumhara gift dene ka style propose karne ka style har chij bahut pasand aayi ab tumhe mera ha kahne ka style bhi bahut mast lagega priya ne kaha, kaise? maine puchha aur bottle se pani peene laga well jab tumne mujhe vo gift de hi diya hai to kya tum nahi chahte ho ki tum mujhe use pahne huye dekho usne itna kaha hi tha ki mai sarak gya poora pani gopal ke shirt par chala gaya sorry bro maine haath jorte huye kaha gopal ne esharo me mujhe thori se gaaliya di aur shirt change karne chala gaya kya hua priya ne dobara mujhe puchha kuch nahi tum bolte raho maine kaha to agar aap dekna chahte hai to ready ho jaoo aur aaj ki rat mere hostel aane ka kast karo aur maza lo bikni offer ka Good night usne kaha ok I'll come maine josh me haa to kar diya usne call cut kar diya. Kya meri taraf kya dekh rahe ho raghu ne smile dete huye kaha abe saale agar pakre gaye na to college se nikaal diye jayenge gopal ne kaha. Agar mai tumhe le gaya to mujhe kya fayda hoga raghu ne puchha bro mai party dunga maine jhat se kaha ok ye sab kaam me to mai professor hu bro don't worry raghu ne kaha mai nahi jane wala kitni muskil se DU me admission mila hai mai yaha padhayi karne aaya hu gopal ne hamari taraf dekhte huye bola. Tu chalega maine aur raghu ne ek saath kaha nahi gopal bola tu chalega humne fir kaha. chaar ghante wait karne ke baad raat ho chuki thi hum bike par baithe aur raat ke andhere me larkiyo ke hostel daka dalne chale gaye hum teeno girls hostel pahunche bike ek side khari ki poora road silent mode par tha aur hostel bhi ekdum shant tha. Chalo pichhe ki deewar se kood jate hai raghu ne kaha aur hum teeno deewar par chadne lage jaha se hame koodna tha sabse pahle raghu deewar se kooda uske baad mai kooda bechara gopal deewar par chadh hi nahi pa raha tha mai aur raghu aage bhadh gaye. Abe saalo mujhe chhor doge kya gopal ne kaha hum fir wapas aaye raghu ne deewar par chad kar uska haath pakra aur use khich kar wapas andar laya use call kro puchho room kaun sa hai raghu ne mujhse kaha maine priya ko call kiya. Hello priya humlog hostel me aa gaye hai batao room kaun sa hai hame pata kaise chalege ki tumhara room kaun sa hai maine ek hi sans me priya se bola don't worry shayar shahab bahut larkiyo ke BF yaha aate hai so hamne ek code word rakha hai usne kaha. Kya? maine puchha mai teen bar apne room ka light on/off karungi to samaj jana ki wo mera room hai. Thik ab dekna light on/off hoga usne kaha upar dekh light on/off hoga maine undono se kaha kuchh der baad second floor ke last room ka light on/off huaa. dekha light on/off huaa na maine kaha. To gopal ne kaha, ye code word hao bro raghu ne kaha. Tumhe pata tha raghu to bataya kyu nahi maine kaha are yaar mai ek baar aaya tha mujhe laga code badal gaya hoga raghu ne kaha sach me larkiya larko se aage badh chuki hai mai hi bahut pichhe hu. Gopal ne kaha ,Chalo suru ho jaoo maine kaha hum teeno chup chap kar ke priya ke room tak gaye fir dhire se uske door ko knock kiya priya ne apna door dhire se khola aur mera haath pakar kar mujhe andar khich liya hum bahar hi rehenge gopal ne raghu se puchha. To kya uska honeymoon dekne andar jayega tu raghu ne gopal se kaha chal humlog bhi dekhte hai chupke se kaha, ja re gopal to kitna ghatiya larka hai mai sochta tha ki to good boy hai vo log andar kya kar rahe hai wo uska personal matter hai na kisi ke privacy ko dekne me logo ko bahut maza aata hai, raghu ne seriously kaha. Raghu ka lecture sunne ke bad to gopal completly shocked ho gaya is tarah kisi ka privacy nahi dekna chahiye bro uske dono kandhe par haath rakte huye raghu ne bola dekne ke liye sabse pahle ek hole dhundhana parta hai dude naughty smile dete huye raghu ne kaha sala ekdum kamina hai tu. Gopal ne smile karte huye kaha waha ek half wall banaee huee thi jiske back me ek gap tha waha ek basin bana huaa tha aur waha shayad kuch kam uncomplete tha so wall se bahar choti-choti patle rod nikle huye the. Waha deewar ke kone se jo priya ke wall se sati huyi thi. Us, wall pe ek choti si hole thi mil gaya bro raghu ne excited hote huye kaha aur hole se dekhne ki kosis karne laga yaar mujhe dar lag raha hai agar ward aa gayi na to lene ke dene par jayenge gopal ne kaha bro tu itna kyu darr raha hai raghu ne hole se dekte huye kaha. Tab shayar sahab tum me to bara dam hai aa gaye priya ne kaha mai to apna gift dekne aaya hu mai bhi dekne chahta hu ki maine kitna sundar gift diya hai maine priya se kaha priya ne apna night dress poora khol diya tha vo sirf bikni me khari thi priya ko es tarah dekhkar mere poori body me jhanjhanahat paida ho gayi wo bahut hot lag raghi thi. Es situation me sab girls hot hi lagti hai mai uske aur bhi pass chala gaya ab vo mujhe dekh rahi thi aur mai use, usne mujhe kiss kiya aur mai bhi use kiss kar raha tha maine use kas kar pakar liya mai halka kanp raha tha yaha se dekh bro bahut mast dikh raha hai raghu ne gopal se kaha mujhe bhi dekhne do yaar gopal ne kaha raghu hole se doosri side chala gaya gopal hole ke pass aaya dekne laga bhai lagta hai aanand priya ko pakre huye khara hai aur ab usko kiss le raha hai gopal ne kaha side ho bro mujhe bhi dekhne do zara raghu ne gopal se kaha. Gopal uth kar side me khara ho gaya aur vo side me jaha rod nikla huaa tha waha khara tha gopal ka paint us rod me fas chuka tha but gopal ko pata nahi chala raghu hole se dekhe hi ja raha tha gopal ne socha ki andar scene aur romantic ho gaya hai kya gopal jaise hi jhuka dekne ke liye vo dekh nahi paya kyuki uska paint rod me fas chuka tha but usne socha ward ne use pakar liya hai usne chillaya sorry mam galiti ho gayi galti ho gayi mujhse raghu bhi darr se uth gya gopal aage pichhe dekh hi nahi raha tha aur bole ja raha tha abe koi nahi hai ye bolte huye raghu ne use ek thappar maar diya sale teri paint fas gayi hai raghu ne use jor se khicha. Rod me fasa paint fat kar bahar aa gaya aur mai bhi room se bahar aa gaya kya huaa maine puchha kuch nahi bhag yaha se raghu ne kaha aur hum daur kar bahar ki or bhage poore hoste ki light on ho chuki thi hum teeno bhaag rahe the poore hostle ki larkiya bahar nikal chuki thi hum teeno ne deewar paar kar liya hamara luck tha jo hum pakre nahi gaye jaldi baith raghu ne kaha usne bike start ki hum teeno us par baith chuke the guard ne jor ki seeti mari raghu ne bike full speed se bhagayi kuch guard hamare pichhe daure bhi but hum bhagne me successful rahe hum hostel pahunche raghu ne bike side me khari ki hum teeno room me chup chaap baith gaye hum teeno ek dusre ka muh dekhne lage aur fir hasne lage.

Vo has rahi thi isme hasne ki kya baat hai ab gopal ka paint us rod me fas gaya to hum kya kar sakte hai maine kaha hum dono park me the aur vo raat wali baat par has rahi thi. Tum bahut fattu ho aur tumhara dost bhi usne kaha. Ok, mai fattu hu maine kaha vo to tum ho hi usne kaha aur vo aage chali gayi priya mai kuch dino ke liye ghar ja raha hu. Kyu usne puchha meri di ka baby huaa hai so milne ja raha hu maine kaha mai bhi chalu kya usne kaha no maine uska muh dekhte huye reply diya. kyu? usne fir puchha bus yu hi maine kaha college me kitna jaldi time beet jata hai na maine kaha ye jo baat taalne ke liye tumne dialoge mara na ye ekdam bakwas hai ese last year me bolna samjhe priya me kaha maine sirf ek smile diya ok well ab hame chalna chahiye maine kaha hum dono park se nikle aur station pahunch gaye vo mujhe chhorne aayi thi pahli baar life me mujhe koi larki chhorne aayi thi station me maine priya se kaha hum waiting bench par baithe huye the usne mujhe dekhkar ek smile di tumhari train aa gayi usne kaha mai utha aur jakar apni seat par baith gaya mujhe window wali seat mili thi mai train ke andar aur vo bahar khari mujhe bye kar rahi thi agli subah meri nind khuli station bhi aa gya tha maine beg uthaya taxi pakar kar direct apne ghar pahunch gaya maine apne ghar ka bell bajaya maine darwaza khola, aanand aa gaya meri maa ne khusi se kaha maine apni maa ka pair chhuaa aur chup chap dinning table par baith gaya ghar me bahut sare log the maine sab ko namaste kaha aanand kaisa raha college? maja aa raha hai na meri mausi ne mujh se puchha ha maine reply diya Ab to aanand bhi jawan ho gya hai eske liye bhi ek dulhaniya dhundh hi do meri mausi ne smile karte huaa bola aur sab meri taraf dekne lage ha ha kyu nahi mai to apne bete ke liye chand ka tukra laungi meri ma ne reply diya aanand hum log to market ja rahe hai tum aaram karo mere maa ne kaha ok maa maine kaha sab koi market chale gaye mai kitchen me didi ke pass chala gaya didi aalu kaat rahi thi college kaisa chal raha hai aanand didi ne puchha bahut mast di maine kitchen room me bane desk ke upar baithte huye kaha mere sar upar bane box se halka takra gaya kyuki waha space kam thi aaram se chote lagi kya didi ne bola nahi di maine phir bolna suru kiya didi janti ho humlogo ke desh ke maaoo ka problem kya hai maine puchha kya didi ne kaha kud ka beta kitna bhi nalayak ho sab apne bete ko salman khan hi samajte hai maine kaha achcha di ne smile dete huye reply kiya. Tabhi mere mobile ka ringtone bajne laga maine mobile nikala priya ka call tha aur didi samne thi hi baby udar se priya ne bola mai aati hu babu ko dekhkar abhi 6 din ka hi hai didi ne bola aur chali gayi. Hello priya mai ghar me hu aur bahut log aaye hai aaj mai tumse baat nahi kar sakta hu maine usse kaha baby ka ek pic to bhejo priya ne kaha ok bro mai college aakar baat karta hu tumse ye line maine isliye bola tha kyuki didi wapas kitchen me aa gayi thi bye kahkar maine call cut kar diya baat ho gayi girlfriend se aalu ko kadhayi me dalte huye di ne bola are nahi di wo mera dost tha maine smile karte huye kaha ek baat jante ho didi ne kaha kya hamare desh ke bhaiyo ka kya broplem hai sab yahi sochte hai ki uski bahan bewakoof hi hoti hai. College ka knowledge sirf unhe hi hota hai didi ne meri taraf dekhte huye kaha. Kitna problem hai na hamare desh me didi maine smile dete huye kaha didi bhi muskurane lagi door bell baji ja jakar gate kholo di ne kaha maine door khola papa aaye the maine unka pair chhuaa khush raho beta papa ne mera haal chaal puchha shaam huyi party bhi huyi agli subaha mai jane ke liye ready ho gaya beta tum itni jaldi aate nahi ho aur ab etni jaldi jaa rahe ho kuchh din ruk jaoo meri maa ne karib sau saal purana dialouge mara nahi ma bahut padhai karni hai maine kaha ha aaj kal bhai ko padhai karni me bahut jyada man lag raha hai meri didi ne kaha kya didi tum bhi maine kaha maine sabse aashirwad liya aur ghar se vida ho gaya.

Agle din hum park me the well tumhari di ko larka huaa hai maine pick bhejne ko kaha tha bheja kyu nahi usne kaha di ko mere upar shak ho gya hai maine muh banate huye kaha ek no ka fattu ho tum usne kaha waise time kitna ho raha hai priya ne puchha 12 bajne wale hai maine mobile se dekhkar bola kya priya ne halka chilla ke bola aur khari ho gayi kya huaa maine usse puchha chalo mujhe kahi jana hai usne bag uthate hue bola aur park se bahar jane lagi kaha jana hai uske piche piche chalte huye mai kah raha tha usne apni bike start ki aur mai uske pichhe baith gaya 2 minute ke baad hamari bike ek mosuqe ke aage ruki. Tum yaha kya karne aayi ho Maine priya se puchha aaj jumma hai na so namaj padhne aayi hu. Bike khari karte huye usne reply diya tum musalman ho maine thora shock hote huye puchha kyu nahi hona chahiye mere ekdum pass aakar usne jawab diya nahi mere matlab ye nahi tha tumhara naam to priya hai aur aisa nam mohammed me to nahi hota hai maine kaha baat karte karte hum mosuqe ke andar pahunch gaye eske pichhe ek raj hai us ne kaha aur pocket se rumal nikala aur apne sar ko dhak liya usne apne dono pair ko pichhe karke baith gayi aur apne haatho ko upar kiya apni aankho ko band kiya aur prayer start kiya mai vahi baithe use dekh raha tha prayer karte huye usne mujhe tirchhi nazaro se dekha aur muskura diya thori der baad uska namaj padna poora ho gaya usne poora sar jhuka kar apni namaj ada ki well tum mujhe kyu dekh rahe thee shidhi se neeche utarte huye usne mujhse puchha. Tum namaj padhte huye aur bhi beautiful lag rahi thi maine use dekhte huye kaha tum mujhpe line mar rahe ho usne mujhe dekte huye kaha apni gf ko line kya marna maine kaha chalo coffee peete hai uske baad ghar chalenge maine kaha galti se purse lekar aa gaye ho kya priya ne mujhe tana mara aur apni bike start ki mai tumhe coffee nahi pilata hu kaya maine kaha aisi kaun larki hogi delhi me jo apne boyfriend ko apni bike me baitha kar apna petrol kharch karke poori delhi ka travel karwati hai usne kaha to tum kya chahti ho maine kaha vo mujhe 2 second dekti rahi are pagle mazak kar rahi hu baitho usne smile dete huye kaha aur self daba kar bike start ki ese mazak nahi insult kahte hai maine uski bike par baithte huye kaha mosque ke bagal me hi ek coffee shop tha hum waha gaye do coffee maine waiter ko order diya. Tum ek raj ki baat batane wali thi na maine coffee ki ek chuski lete huye usse puchha to tum ye baat janne ki liye yaha aaye ho priya ne kaha ha maine halki smile ke sath kaha had ho yaar tum bhi usne kaha but lambi story hai usne coffee peete huye kaha mere pass bahut time hai maine kaha meri mom hindu thi aur unhone hi mera naam priya rakha tha but mere dad ne unhe dharm change karne ko kaha aur unhone nahi badla fir papa unse alag ho gaye uske baad mai maa se kabhi nahi mili uski story aur meri coffee ek sath khatm huyi ye lambi story thi maine bola maine short me sunaya usne kaha sad story maine muh banate huye kaha ab tum kyu has rahi ho maine usse puchha mere naam ke pichhe koi story nahi hai mere friends ne yu hi mera naam rakh diya tha usne kaha waiter ko maine paise diye hum gate se bahar nikal hi rahe the ki priya ka call aaya. Hello mom bolo priya ne apne mom se kaha mai ghar hi aa rahi hai na mujhe malum hai ki tumne kaha tha but mai bhul gayi to kya karu usne phone par chilla kar kaha ab hum gate ke bahar khare the ok bye baby tum jaoo aaj tumhe paidal hi jana parega mom ne turant bulaya hai usne kaha aur vo chali gayi mai bhi hostel chala gaya kya mobile me busy hai tum gopal ne mujhse kaha yaar priya ka call nahi lag raha hai so ja beta so ja kal college aayegi na to baat kar lena gopal ne kaha mai classroom me baitha tha aur tiwari sir ka lecture chala ja raha tha at last lecture khatm huaa mai jaldi class se bahar nikla aur priya ko dhundhne laga. Anjali kuch larkiyo ke saath khari baate kar rahi thi tumne priya ko dekha hai kahi maine anjali se puchha ha class me hi to thi vo dekho ja rahi hai anjali ne uske taraf esara karte huye kaha priya maine jor se use bulaya but vo nahi ruki maine fir bola priya usne bike start ki aur chali gayi huaa kya hai aanand anjali ne mujhse puchha mujhe bhi nahi pata ese huaa kya hai suddenly mujhe ignore kar rahi hai vo es waqt kaha ja rahi hai vo maine anjali se puchha shayad usne fitness cetnre join kiya hai anjali ne kaha ok bye anjali ne kaha aur chali gayi maine gopal ko call lagaya. Hello kaun udar se gopal ne kaha abe mai bol raha hu mai kaun gopal ne fir puchha mai gusse me pahle se hi tha but kud par control karte huye maine kaha aanand bol raha hu raghu ki bike room par hai use lekar ke aaoo. Kaha usne puchha mai mazak ke mood me nahi hu ekdam gopal itna kahkar maine call cut kar diya thori der baad gopal bike se college aaya kaha jana hai usne muijhe puchha fitness centre maine kaha waha tumhe kya kaam par gaya be priya vahi hai maine kaha hum dono fitness center pahunche hame priya se milna hai receiving par baithi ek larki se maine kaha two minute wait kariye etna kahkar vo dusre room me chali gayi aage ek darwaza tha hum bhi andar chale gaye jis room me larkiya exercise kar rahi thi vaha sishe se sab andar ka scene dikh raha tha sabhi girls apne kamar aage pichhe karke ek ajib sa exercise kar rahi thi mai aur gopal khare hokar dekne lage yaar etna sara ek hi baar me gopal ne kaha maine kuch jawab nahi diya priya ko khoj raha ha kya isme gopal ne dobara kaha maine gusse se uski taraf dekha hum done exercise dekne me kho gaye kisi ne gopal ke kandhe par dhire se haath mara hum dono pichhe mure complete black dress me ek lambi si lady khari thi what are you doing here usne kaha mam hum log yaha kisi se milne aaye hai out and wait out side unhone humse kaha hum dono bahar chale gaye waha ek alag se waiting room bana huaa tha priya waha hai us larki ne room ki taraf esara karte huye bola tum jaoo priya se milkar aaoo. Tab tak mai yaha apna chakkar chalata hu gopal ne mujhse kaha aur mujhe aankh mari room me priya akeli baithi huyi thi aur koi nahi tha priya kya huaa hai tum mujhe ignore kyu kar rahi ho maine bahut pyaar se use puchha do you love me priya ne kaha of course yaar. To shadi kar lete hai chalo usne kaha tum pagal ho gayi ho kya maine kaha kyu tumne to kaha ki tum mujhse pyaar karte ho priya ne kaha tum aaj kya kya bol rahi ho abhi hum padai kar rahe hai mai padai likhae chhorkar tumse shadi kar lu maine kaha mai deewar se sat kar khara tha aur vo chair par baithi huyi thi kal shaam cafe me meri mom ka call aaya tha vo log meri shadi kar wa rahe hai priya ne kaha aur chair se utarkar khari ho gayi maine kuch jawab nahi diya kya kuch jawadb nahi hai tumhare pass usne kaha job hostel me mere saath dingdong karne aate the tab to tumhe bahut maja aata tha aur ab chup chap khare ho priya ne gusse me kaha yaar, mai roj nahi aata tha mai to kabhi kabhi aata tha maine halki smile ke sath kaha majak mat karo mujhse gussa aa raha hai priya ne kaha aur mere pass aa gayi ekdam mere samne aa gayi aur mujhe kiss karne lagi ye last kiss tha priya ne kaha aur fir usne kiss kiya use waqt darwaze par gopal aa gya usne last wala kiss ka scene thora sa dekh liya oooo tumlog busy ho gopal ne kaha aur vo andar nahi aaya bye mai ja rahi hu bolkar wo chali gayi mai bhi uske pichhe gaya bhai teri vali to bahut mast hai yaar jaha dekho kiss hi dene lagti hai gopal ne kaha uske pichhe pichhe mai centre se bahar nikla angali bhi waha aayi huyi thi priya ne bike start kiya angali mera sayya bewafa nikla mera sayya bewafa nikla re priya ne anjali se kaha sab larke ek hi jasie hote hai anjali ke saath aur bhi larki waha khari thi usme se ek ne kaha es tarah ka gyan us type ki larki deti hai jiska kud to koi boy friend hota nahi hai aur apni gyanpurvak baato se apni friend ka breakup bhi karwa deti hai priya chali gayi apne dosto ke saath.

Are yaar vo mujhe kah rahi hai ki ha ya na me jawab do maine kaha to use bol de ki tu meri timepass thi gopal ne apni book band karte huye bola. Larkiyo ka matter jaha suru huaa gopal ki book turant close ho jati thi but I love her maine kaha. Lagta hai larka ka abhi tak man nahi bhara hai bolte huye raghu ne gopal ke haath par taali mari aur hasne laga bahut bekar joke tha raghu maine kaha, are bro tu tension kyu leta hai mai tumhe ek idea deta hu raghu ne kaha ye baat to pakka hai ki vo tumse baat nahi karegi. Abe tu idea de raha hi ki dara raha hai maine kaha tu use ek love letter likh raghu ne kaha, love letter maine letter word par thora jor dete huye kaha, mujhe love letter likhna nahi aata hai maine kaha tujhe sex karna aata tha raghu ne puchha, vo alag matter hai maine kaha mera kaam tha idea dena ab tu likh ya na likh teri marji mai to chala sone. Bro raghu ne kaha aur dono so gaye but maine light on ki aur study table par baith gaya maine letter likna suru kiya karib chaar se panch baar likhkar maine faar diya mujhe samaj nahi aa rahah tha ki likhna kya hai jaise-taise maine ek love letter likh liya. Agle din college me, tumne letter likh liya gopal ne mujhse puchha jo mere hi side me baitha tha aur class le rahe the tiwari sir. Ye love letter hai exam ka paper nahi jo sabko dikhata chalu maine dhire se gopal ko kaha maine apne pocket me haath dala are letter kaha gaya pocket me letter nahi tha maine apni saari pocket check kar dala fir apna bag bhi check kiya but letter nahi mila. Kya huaa? gopal ne puchha letter nahi mil raha hai yaar maine dobara use pocket me dundhte huye kaha are koi nahi bro room me hi chhut gaya hoga raghu ne mujhe dilasa dete huye kaha. Tiwari sir apne lecture me busy the are vo table ka pass kya gira huaa hai gopal ne kaha bro, raghu ne puchha vo sir ke table ke just nichhe kya gira huaa hai gopal ne esara karte huye bola are yaar wahi letter hai waha kaise gir gaya ese girna bhi tha to wahi jagah mili thi maine thora afsos jatate huye kaha bro wait kar tiwari sir ka vo jayenge tabhi na laooge raghu ne kaha thori der baad sir ka lecture khatm huaa but sir gaye nahi aur apni book me kuchh search karne lage mujhse sabra nahi ho raha tha mai ja raha hu letter lane are tiwari ko jane de agar pakra gaya na to bas aisi hi master murga ke talash me rahta hai raghu ne kaha but maine kisi ki baat nahi mana mai chala gaya sir ke samne sir apne book me kuchh search karne me busy the unke table ke pass pahuncte hi maine apni pen waha gira di aur 2 step aage bhad gaya aur fir pichhe aaya sir to busy the maine pen aur paper dono utha liya mai 2 step aage badha hi tha ki stop tiwari sir ne kaha mai ruk gaya come here kya uthaya tumne sir ne kaha sir meri pen gir gayi thi wahi uthaya letter ko chipate huye maine kaha. Mai tiwari ke pass gaya achhha bachchu kya chhupa rahe ho us paper ko dikhaoo sir ne kaha aur mere haath se paper chhin liya sir ne paper khola aur mujhe ek look dekha fir paper padhne lage maine man hi man socha ab tiwari sir mera band baja denge wah-wah kya baat hai love letter likha ja raha hai ek kamina type smile dete huye sir ne kaha mera muh chhile huye ande jaisa ho gya tha sir ne itne jor se kaha ki poora class silent mode par aa gaya. Students tiwari sir ne bolna suru kiya maine tumhe bahut Economics padhaya means arth-shastra padhaya ab mai tumhe prem shastra ke baare me batata hu poora class khush ho gaya tiwari sir ki baate sunne ke liye, sir ne letter padna suru kiya sir please yaha mat padhiye maine kaha. Pehle ye bataoo kiske liye likhe ho aur vo kaun hai sir ne kaha mai chup raha tab mai nahi padhunga sir ne kaha priya naam hai uska sir MA ki student hai maine kaha

Senior se mohabbat jaoo usko bula ke laoo sir ne ek larki se kaha use kyu bula rahe hai sir maine kaha uske saamne padhunga sir ne kaha but sur aapne to kaha tha ki naam batane ke baad app nahi padhoge maine kaha mai promise bahut thorta hu sir ne kaha sir please kya please es lake ko dekho jara, mere pass aaya aur pen niche gira diya aur uske bahane letter utha raha tha yaha se beta chutiya samajte ho kya mujhe, kamina type haste huye poore action ke saath sir ne kaha, kya huaa sir priya ne kaha jo abhi-abhi hi aayi thi aapke liye kuchh surprise hai president ji tiwari ne kaha ab mera man usko respect dene ka ekdam nahi kar raha tha aapka boy friend ne aapke liye mere taraf esara karte huye ek love letter likha hai tiwari ne kaha poora class maza le raha tha priya ne mujhe ek angry look diya tiwari ne letter padna suri kiya usse pehle kiya mai letter padhy tiwari ne kaha yes sir poori class ne chilla kar kaha to suniye to the world most beautiful girlfriend vah-vah etni respect to mai apni wife ko bhi nahi deta hu tiwari ne kaha. Sabhi chutiya log jo class me the hasne lage aur 2 - 3 maha chutiya logo ne siti bhi mari aaj mai tumlogo ko nahi rokunga tiwari sir ne kaha. Priya bahut gusse se mujhe dekh rahi thi ab mai samaj gaya tha ki vo mujhse kabhi nahi baat karne wali hai mai man hi man soch raha tha. Abhi to poora ka poora letter padhna baaki hai tiwari ne aage padhna suru kiya with due respect I beg to stae that I your lover tumse yah kahna chahta hu ki mai bewafa nahi hu mai tumse flirt nahi kar raha hu mai tumse pyaar karta hu but abhi mai tumse shadi nahi kar sakta hu sir please, ab mat padhiye maine kaha kyu pyaar kiya to darna kya sir ne kaha sabhi larko ne aur kuch girls bhi siti baja kar sir ka supoort kar rahe the. Tumlogo ko maja aa raha hai beta itni masti se economics padhte na to gadho 4 - 5 novel yahi bat jayenga sir ne apne chasma upar karte huye kaha ok last line suna deta hu sirf sir ne meri taraf dekhkar bola. Tumhara deewana aanand sir ne last line padha taliya bajaeye en dono ke liye sir ne kaha aur letter mere haath me rakh diya nahi-nahi ye letter to ese dena hai na sir ne mere haath se letter lete huye kaha sir ne vo letter priya ko de diya aur class se chale gaye. Priya ne gusse se letter fek diya poora class maja mar raha tha mai gadhe ke jaisa uske pichhe jane laga hun dono college campus me aa gaye. Priya sorry yaar maine kaha, kya sorry porra ka poora tamasha bana kar rakh diya hai tumne college ke samne suddenly usne rukte huye kaha mai usse takrane se bach gaya sorry yaar maine masum sa chehra banate huye kaha aur ye mahan kaam ka idea tumko kaha se aaya usne muh banate huye puchha vo mujhe mere ek friend ne bataya tha mai tumhe impress karna chahta tha but sab garbar ho gaya maine masum sa chehra banate huye kaha. Vo mujhe ab bhi gusse se hi dekh rahi thi maine 2 baje raat tak jagkar likha hai yaar use expressin ke saat maine kaha. Gusse wali muh banate huye vo chali gayi aur mai sorry yaar sorry yaar kahta raha. Vo bike se chali gayi aur mai gadhe jaisa muh banakar waha khara raha.

Agle din college ka mahaul hi alag tha thermocol ki do statue banai gayi thi ek priya ka aur ek mera hamare love letter ko jise kal priya ne college me fek diya tha us love letter ko big size karke ek holding par chipka diya gaya tha aur us ke upar mala chadha diya gaya tha aur uske aage ek jalta hua diya rakha tha ye kaam kunal ka tha mai use samjha raha tha bro ye kaam tum kyu kar rahe ho ? ye karke tumhe kya milega maine requestfully use bola aise hi priya mujhse bahut gussa hai aur agar usne ye sab dekh liya to aur gussa ho gayegi maine man me socha. Us din jab priya meri insult kar rahi thi poore college ke samne tab tum kaha the chup chap khare raho kunal ne ungali dikhate huye mujhse kaha. Mai ekdam chup ho gaya uske saath kuch gym wale bande bhi the. Is drama ko dekne ke liye yaha bahut bhir jama ho gayi thi priya bhi bike se vaha aa gayi usi ka to intezaar ho raha tha kyu asli drama to ab suru hone wala tha. Jaise hi vo aayi vaha line me khare 10 larke thermocol ke statue ke samne khare hokar kahne lage, he mohabaato ki devi please hame bhi ek girl friend dene ki kripa kare hum aapke es love letter ki kasam khate hai ki hum ek good lover banege unhone apne haatho ko oath lene wale position me karte huye bola aur sare chutiya log has rahe the priya ka para uske bike ke speed jaisa badhne laga ye kya bakwas ho raha hai yaha priya ne gusse me kaha aur tum yaha khare-khare dekh rahe ho gusse se meri taraf dekhte huye usne bola mere situation katne wale us murge ki tarah ho gaya tha jise na malik samaj pa raha tha aur na hi customer. Priya ne statue ko tor diya aur love letter jo holding par chipka tha use bhi Tor diya kyuki vo holding bhi thermocol ka hi tha saari tor-for ke baad vo kunal ke pas gayi tum jyada over smart mat bano samaj gaye na ungali dikhate huye priya ne kunal se kaha aur mai khara sara tamasha dekh raha tha abhi drama khatm nahi huaa tha pichhe se larka aaya jisne lambe baalo ka wig pahna huaa tha aur uske haath me ek harmonium tha wo harmonium baja raha tha aur ga raha tha ek larki ko dekha to aisa laga, jaise priyo ka kwaab, priya gusse se poori lal-peeli ho chuki this ab vo phir mujhe dekne lagi mai kya karta priya chalo class anjali use lekar gayi.

Ye drama khatm hone ke baad se priya ne mujhse baat karna band kar diya. Poore 3 mahine beet chuke the but usne mujhse baat nahi kiya tha. Mai gopal aur raghu teeno campus me khare aapas me baat kar rahe the. Hi boys Anjali ne kaha, hi hum teeno ne use jawab diya priya se tumhara breakup ho gaya hai kya? Anjali ne dobara kaha aisa kuch nahi bas wo mujhse baat nahi karti hai maine sad wali feeling ke sath jawab diya. Waise bhi wo aaj ja rahi hai apne ghar anjali ne kaha. Kitne din ke liye maine puchha hamesa ke liye. Anjali ne kaha kyu? maine shock hote huye puchha exam khatm ho gaye na usne tumhe bataya nahi kya anjali ne kaha. Train kab hai uski maine harbara kar puchha. I think 15 minutes me mobile me time dekte huye anjali ne kaha aur tum mujhe abhi bata rahi ho maine kaha Maine socha tumhe pata hoga. Yaar bike nikal raghu maine kaha hum dono bike se chal diye hame bhi chalna chahiye anjali ne gopal se kaha gopal anjali ke scooty pe baith gaya hum aage aage aur anjali hamare pichhe thi. Homdono station pahunche raghu bike khara karne laga mai duar kar station gaya aur mai paglo ki tarah use dhundne laga mai use edar-udar khoj raha tha thak kar mai ek jagah khara ho gaya pichhe se kisi ne mere kandhe par hath rakha mai thak kar haf raha tha mai pichhe palta priya khari thi. Ja rahi ho maine haafte huye kaha. Tumhe filmi scence create karne me maza aata hai kya priya ne kaha mai sirf tumse milne aaya tha yaar maine kaha. Look aanand tum bahut achhe larke ho mere liye apni life spoil mat karo hamari shadi to ho nahi sakti hai so mere pichhe aane ka koi matlab nahi hai priya ne kaha. But I love you na maine pyar se kaha hamare desh me shadiya hoti pyar nahi anand aaj meri ho rahi hai ek din tumhari ho jayegi priya ne meri taraf dekte huye kaha maine kuch reply nahi diya uski train aa chuki thi mujhe bina bye bole wo chali gayi. Train bhi dhire-dhire aage badne lagi mai wahi khara use dekhta raha. But usne palat kar ek baar bhi nahi dekha wo chali gayi ab sabhi ka entry huaa kya huaa bro raghu ne puchha lagta hai chiriya urr gayi gopal ne halka muskurate huye kaha mai use dekne laga. Hum sab station se hostel ke liye chal diye abhi hum aadhe raste me hii the ki raghu ki bike puncher ho gayi. Hum dono bike se utre lo ye log bhi aa hi gaye anjali ke scooty ko dekhte huye raghu ne kaha kya huaa yaar scooty rokte huye angali ne puchha are aanand tu yaha khara hokar royega kya gopal ne haste huye kaha. es sale ko bari hasi aa rahi hai raghu ne kaha maine kuch reply nahi diya es road par karib 2 km tak koi road nahi hai ab kya karenge gopal ne kaha.

Mai garrage wale ko call karta hu uspar bike aur hum dono laod ho jayenge raghu ne kaha aur apne dost ko call karne laga. Raghu my friend lift naam ki bhi koi chij hoti hai duniya me gopal ne kaha, lift ki koi jarurat nahi hai wo turant aa jayega are raghu tujhe lift mangna nahi aata hai look lift mangna ek art hai understand gopal ne philospher ke andaj me kaha well tujhe aata hai na lift mangne mang karke dikha raghu ne kaha ok raghu ne stylish reply diya ek bike wala aaya paar ho gaya kya huaa tumne lift nahi manga raghu ne puchha are pagle mai larko se lift nahi mangta hu gopal ne filmy style me kaha ek larki scooty chalate huye aa rahi thi gopal ne use hath dikhaya larki ne scooty rok diya vo larki really me beautiful thi aur hum sabki nazar ab gopal par hi thi ki banda ab karne kya wala hai uske scooty rokte hi gopal ne kaha lift milegi kya itne aadmiyo ko mai ek saath lift du kya scooty wali larki ne kaha no-no lift sirf mujhe chahiye gopal ne kaha mai tumhe lift dungi to tum mere saath flirt to nahi karoge na us larki ne puchha nahi yaar gopal ne kaha aur last me scooty se utarne ke baad tum mera number to nahi manggoge na nahi yaar gopal ne kaha. Then mr idiot wahi khare raho jab kuch karna hi nahi hai to ganta bajaoge lift lekar etna kahkar usne scooty start ki aur chali gayi. Hum sab gopal ko dekne lage gopal bhi hame dekh raha tha aur kuch budbuda raha tha shayad use gaaliya de raha tha hum teeno gopal par has rahe the lift mangna ek art hai raghu ne gopal jaise acting karte huye bola aur mang lift raghu ne dobara bola. Raghu ka dost aaya mai aur raghu uski gari me load ho gaye aur chal diye aaoo-aaoo munna koi baat nahi baitho anjali ne gopal se kaha. Aur atlast hum hostel pahuche.

Are yaar ya bathroom me kaun gaya hai subah se yaha pressure high ho chuka hai gopal apne aap se keh raha tha. Abe bahar nikal jaldi jor se darwaza peette huye gopal ne kaha aur mai andar dard bhare gane sun raha tha kya huaa yaar raghu ne gopal se puchha are yaar ye darwaza kyu nahi khol raha hai gopal ne paresan hote huye bola. One minute bro raghu ne kaha raghu ne mujhe call kiya mai to andar cuboard par baitha apne kano me headphone lagaye dard bhare gaane sun raha tha mai gana sunne me itna kho gaya tha ki mujhe khayal hi nahi tha ki mai cupboard par baitha hu maine darwaza khola aur bahar nikla sale headphone laga kar gana sun raha hai mai to ghanto darwaza peetta rahta ye sala darwaza hi nahi kholta mujhe gusse se dekte huye gopal ne khaa. Kal priya se bichhra na to gaane sunkar rone ki practice kar raha tha maine usse kaha pressure jyada tej hai gopu maine use pet ko apni ungaliyo se dabate huye kaha. Kaise laga gopu maine face expression change karte huye kaha bechara gopal gusse me tha hi aur bhi gussa ho gya janta hai aanand ek baar jo gift me tune priya ke liye bag kharida tha jo party me change ho gayi thi gopal ne kaha ha yaad hai to maine supense wali feeling ke saath puchha saale wo maine hi change kiya tha gopal ne kaha mai raghu ka muh dekne laga shock hokar ab bol tujhe kaisa laga mujhe chidhate huye gopal ne bola mujhe chidhayega saale bolte huye gopal bathroom me ghus gaya mai aur raghu bhi apne room chale gaye. Andar 4 - 5 larke aur baithe huye the laptop on tha gopal hame laptop me dik raha tha ye sab kya ho raha hai maine raghu se puchha masti bro hamme bathroom me ek chamera fit kiya hai aur cupboard me ek speaker jo bluetooth se connected hai raghu ne kaha. Ye sab kab kiya maine puchha jab tum dono aapas me bahas kar rahe the ab asli maja dekh raghu ne kaha gopal ne apna paint khola aur jaise cupboard me baithne gaya hamne speaker me patakha ki aawaj laga di patakha fata bechara gopal poori tarah dar gaya aur uske dharne ke tarike se hame bhayanak hasi aa gayi aur hum ye live dekh rahe the gusse se gopal hamare room me aaya ye kya bakwaas majak hai saalo pressure rook gaya hai gopal ne kaha aur hum sirf has rahe the. Kya ab mai ja sakata hu masoom sa chehra banate huye gopal ne puchha bro ligh ke side me camera aur cupboard ke side me speaker hai hata dena raghu ne kaha bahut-bahut thanks gopal ne kaha aur bathroom chala gaya sabse pahle usne camera hataya aur use deewar ki taraf ghuma kar rakh diya hame jor-jor se bachhe ke tarah hasne wali ringtone phir se baja di ab saalo band kar bathroom se chillakar gopal ne kaha-raghu band kar de maine kaha raghu ne music stop kar diya bro tu kyu sad hai kal se manoj ne puchha jo mere hi bagal me baitha tha. Saale ki girl friend chali gayi hai so sad hokar baitha hai ek dusre bande ne kaha us waqt hamare room me 3 - 4 aur bande bhi baithe huye the abe ooo dukhi aatma jab pyaar me dil tutta hai na to use jhorne ke liye ek febicol aata hai use daru kahte hai bro raghu ne meri taraf dekhte huye kaha tera break up huaa hai na to tu humlogo ko ek break up party de ese ek khusi ka moment banaoo aur hum ese celebrate karenge kyuki bro jab tumne pataya tha tab tune party nahi di thi raghu ne dobara kaha maine ha me sar hila diya gopal room me aaya aur sidhe bed par let gaya use dekh ke hum sab muskurane lage saalo hasho mat gopal ne gusse type expression dete huye kaha. Hamara room bear ki bottles se bhar chuka tha kam se kam 7 - 8 larke hamare room me aa chuke the hum sab charo or baith chuke the daru aur chakne se bhare plate charo or saj chuke the sabse pahle party ko introduce karne ke liye gopal utha, guys gopal ne haath me bear ki bottle pakre huye bolna start kiya mujhe namaste bolne ki koi jarurat nahi hai kyuki dhyan se dekho aanand ka muh hi namaste jaisa lag raha hai ye kahkar aanand hasne laga hum sab bhi muskurane lage guy's aaj ki raaat mere dost aanand AD ki break up party hai baitha saale ko raghu ne kaha. Manoj ne uska haath khich kar baitha diya bye tumhara break up kyu huaa tha manoj ne puchha us raat party me hamare kuch dost bhi aaye the manoj bhi usme se ek tha vo mujhe chhor ke chali gayi usne mujhe bola ki tum fattu ho aur vo zid kar rahi thi ki mujhse shadi karo ab mai pahle career banau ya fir usse shadi kar lu maine thora gusse me kaha abe tu sirf chakna kyu kha raha hai majoj me prasant se kaha prasant ki ginti sharif larko me hoti thi. Bro tu prove kar ki tu fattu nahi hai raghu ne kaha sahi baat hai ye larkiya apne aap ko samajti kya hai Manoj ne nase me kaha but ye prove karega kaise gopal ne puchha. Shadi kab hai uski raghu ne apna drink khatm karke puchha I think 3 - 4 din ke baad maine kaha tu confirm bata ye to mujhe nahi malum hum sab nase me the but maine thora sa piya tha chal anjali se confirm karte hai raghu ne kaha aur khara ho gya guys party is over aap apne-apne room ja sakte hai raghu ne last me bola sabhi larke apne room chale gaye bro let's go abhi chal anjali ke pass pata karne ki priya ki shadi ho gayi ya fir kuchh din time hai raghu ne kaha hum teeno bike par baith gaye raghu tu pichhe baith mai bike chalata hu tumlogo ne bahut pee li hai maine kaha. Ok bro raghu ne kaha aur bike mujhe de di. Thori der baad hum girls hostel pahunche raat ka time tha but kisi Police wale se hamara intro nahi huaa tha hostel ke charo aur deep silent tha guys guard yahi hoga usse bachkar kaise entry karenge maine bike khari karte huye bola humlog hostel ke pichhe the waha bhi ek guard tha but pata nahi kyu aaj hamara luck thik ki guard soya huaa tha maine apni bike ek per ke back me khari ki thi. Ye wahi wala signle tha jaha se hame light wala signle milta tha suno raghu tum dono yahi khara rahna aur mera wait karna mai anjali se puchh kar aata hu maine undono se kaha kyuki unhe apne saath le jane me risk tha ve log jyada nashe me the. Guard soya huaa tha mai dhire-dhire jakar deewar kooda aur hostel ke andar chala gaya pipe par chad kar mai anjali ke window tak gaya jo khuli huyi thi anjali maine kaha usne jaise hi mujhe dekha vo chilla uthi chillaoo mat mai hu aanand maine dhire se kaha kya huaa ye kahte huye vo mere pass aayi priya ki shadi kab ho rahi hai maine window par baithe huye usse puchha 3 din time hai abhi usne kaha, maine sirf ha me sar hilaya andar aaoo anjali ne kaha aur mera haath pakar kar khich liya are gir jaaunga aaram se yaar maine apne aap ko samhalte huye kaha. Niche guard aa gaya hai usne kaha aur chillaoo maine kaha tum suddenly mere samne aa jaooge to mai kya koi bhi darr jayega aur tum waise abhi aaye kyu ho usne thore gusse me mujhse puchha. Mai Priya ki shadi ke baare me hi puchhne aaya tha maine kaha ye baat to tum phone karke bhi puchh sakte the anjali ne kaha. Mera muh bakre jaisa ho gaya vo mai call karta hu raghu ko vo bahar me khara hai maine kaha aur maine raghu ko call kiya raghu bro guard jag chuka hai aur niche detective ban raha hai ab mai bahar kaise entry karu maine kaha don't worry bro raghu tumhare saath hai usne kaha. Raghu ne bike ki horn bajayi hello guard sahab come here raghu ne kaha guard bahar nikla raghu gate ke pass bike khari kiye huye tha mai window se utra aur pipe ke throw niche utar gaya guard gate ke pass raghu ke saath khara kuch baat kar raha tha. Mai deewar par chadkar niche kud gaya agar mai sidhe raghu ke pass chala jata to guard samaj jata ki ye hostel ke andar gaya tha mai wahi per ke pichhe chhup-chhup kar chala gaya waha khara hokar kuchh second relax kiya fir mai guard aur raghu ke pass gaya ye kaun hai guard ne meri taraf esara karte huye raghu se puchha ye mera dost hai thora halka hone gaya tha raghu ne ye kahte huye apni bike start ki mai bhi bike par baith gaya aapko puchhna kya tha mujhse koi raj wali baat guard ne raghu se puchha yeah bro tumne yaha se koi kaale khule baalo wali white saari pahni kisi horror type aaurat ko dekha hai kya usne guard se puchha nahi to guard ne bahut seriously answer diya are yaar kya co incident hai hamne bhi nahi dekha raghu ne kaha aur full speed se bike bhagayi aur shayad guard hame gandi-gandi gaaliya de raha tha aur hum teeno hase ja rahe the.

Anjali suno na maine uske pichhe-pichhe bhagte huye kaha mai tumlogo ko nahi le ja sakti hu priya ne mana kiya hai anjali ne kaha, please yaar maine request ki ok but tum akele ho na anjali ne thora sochte huye bola maine ek smile dete huye na me sar hila diya shaam ko station par milna anjali na kaha aur chali gayi. Train khulne hi wali hai tumlog etne late kyu aate ho aur gopal kaha hai priya ne puchha. Humlog station aa chuke the. But gopal nahi aaya tha anjali pahle se hi station par present thi train chali gayi kya hafte huye gopal ne puchha? nahi abhi tak to nahi anjali ne kaha abe meri chaddiya to le liya tha na saalo bina bataye saman pack kar dete ho gopal ne kaha abe saman to hamne pack kar liya but chaddiya nahi pack ki thi raghu ne kaha agar tumlogo ka chaddi discussion ho gya ho to kya humlog chal sakte hai train khulne hi wali hai anjali ne kaha. Agle din hum Kolkata station par the waha se hamne ek taxi li sidhe priya ke ghar gaye anjali ne priya ke ghar ki bell bajaee, namaste aunty door khulte hi anjali ne kaha aur anjali ke bolne ke karan hamne bhi namaste kiya namaste beta priya ki mom ne hame reply diya humlog priya ke friends hai anjali ne kaha, aaoo andar aaoo shak ki nazro se dekte huye priya ki maa ne andar aane ko kaha but es line ko sunkar hame bahut relax feel huaa aur hum sab ghar ke andar chale gaye. Priya kahi dikh nahi rahi hai maine kaha vo shopping karne gayi hai tumlog fresh ho jaoo vo kuchh hi derr me aa jayegi priya ki mom ne bola aur chali gayi humsab ek kamre me khare the ek naukar aaya usne hamara luggage udaya guests ke liye alag se room ka intezam hai chaliye mai aapko aapka room dikha deta hu uss naukar ne kaha hum sirf uski baato ko dhyan se sun rahe the.

Kuch log bina bulaye hi aa jate hai darwaze par khare priya ne kaha humlog khare ho gaye jaise class me tiwari sar ke aane ke baad hote the. Humlog sirf chhorne aaye hai raghu ne kaha mere room tak priya ne kaha ab raghu aur gopal mujhe dekne lage anjali to mujhe dek hi rahi thi aanand mujhe tumse kuch baat karni hai priya ne kaha vo teeno room se bahar chale gaye ab yaha kyu aaye ho priya ne mujhse puchha bas tumhari shadi dekhne ke liye maine kaha aur ha mai fattu nahi hu maine kaha mere ekdam samne aakar usne bola to kya ho tum love yo yaar maine usse bola ab bahut der ho chuki hai priya ne bola to kya karu mai apna career chor du padna chhor du aur tumse shadi kar lu mujhe bahut gussa aa raha tha but maine bahut pyar se kaha, pyar karne se pahle to tumne ye nahi socha tha priya ne kaha look priya ab es tarah koi hostel me aane ke liye 3 baar light on/off karega to kisi ko bhi pyar ho jayega maine ek smile dete huye kaha bahut maza aa raha hai na tumhe priya ne halke gusse me kaha aap logo ka discussion khatm ho gaya ho to kya mai andar aa sakti hu anjali ne kaha. Priya gusse se bahar chali gayi nasta ban chuka hai agar aaplog fresh ho chuke hai to breakfast karne neeche aa jaaneye naukar ne hame kaha. Ok humlog aa rahe hai aap jaaeye anjali ne kaha naukar vaha se chala gaya. Humlog sab neeche hall me breakfast karne pahunche waha pahle se hi priya ke dad baithe huye the aur kuchh log uske family ke waha baithe huye the humlog sab table par baith gaye hello Uncle anjali ne kaha fir maine kaha mujhe dekhkar gopal aur raghu ne bhi hello kaha, to aaplog priya ke dost hai priya ke dad ne kaha. Jee uncle maine jawab diya abhi graduation hi kar rahe ho na tumlog priya ke papa ne dobara sawal puchha. Hum sabne breakfast ka taste lena suru kar diya tha yes uncle raghu ne kaha. Hum bhi college me padh chuke hai aur hamne bhi bahut maje kiye hai but hum padhayi bhi karte the isliye apne poore gaoo me mai first larka tha jo officer bana samjhe priya de dad ne kaha anjali gajar ka halwa dena raghu ne anjali se kaha ha uncle samaj gaye gajar ka halwa lete huye raghu ne kaha kya samjhe priya ke dad ne puchha yahi ki aap college me masti karte the but padhayi me bhi bahut dhyan lagate the so aap apne village ke akele aise larke the jo ek officer bane raghu ne gajar ka halwa khate-khate poora jawab ek hi sans me de diya ye to maine bola tum kya samajhe priya ke dad ne fir puchha hum sab raghu ko dekne lage hame bhi padhayi me dhyan dena chahiye uncle anjali ne jawab diya. Good pani ka glass rakte huye priya ke dad ne kaha ok aaplog baith ke enjoy kariye mujhe bahut kaam hai ye bolte huye priya ke papa uthe aur chale gaye.

Ghar ko beautifully decorate kiya ja raha tha mai khara edar-udar lighting ke kam dekh raha tha ki mere mobile me message aaya upar aaoo mai chhath par hu ye priya ka message tha mai bhi chhath par gaya vo vaha khari cigarette pee rahi thi tum yaha cigarette pee rahi ho koi dekh lega to maine usse kaha yaha bahut andhera hai koi nahi dekhega meri taraf dekhte huye priya ne kaha. 2 din baad tum chali jaogi na maine kaha, nahi mai kaha jaogi mai to ghar par hi rahungi meri maa jayegi priya ne halke gusse me kaha, are tum gussa kyu kar rahi ho maine kaha you are right 2 din baad mai chali jaungi aur tum mujhe bhul jaooge bolte-bolte vo chhath ke patle se border par baith gayi tumhe aise kyu lagta hai maine bola aur mai bhi us border par baith gaya tumhe koi aur light dikhane wali mil jayegi to tum chale hi jaogi usne ek smile ke saath bola otherwise you know kabir naam hai mere hone wale sarkari husband ka priya ne kaha kya karte hai wo ? maine puchha construction ka family business hai uska rich hai wo log so papa meri shadi usse karwa rahe hai priya ne kaha aur cigarette fek diya. Maine kuchh jawab nahi diya waise tumhari shayri likne ka kaam kaisa chal raha hai priya ne mujhse puchha vo mai khabhi-khabhi likta hu but abhi bahut dino se likha nahi hai maine jawab diya. Mai to soch rahi thi ki tum mere pyaar ke dard me poori ki poori ek book hi likh doge Priya ne bola aur mouth freshner ka packet fara aur muh me dala ek baat bolu priya ne kaha ha maine bola kuchh din pahle kabir hamare ghar aaya tha mai use ghumane le gayi thi na to hum park me the vah mujhe bolna laga ki ek kiss do no maine mana kar diya to vo bolne laga ki are hamari shadi to hone hi wali hai kya fark parta hai ye baate sunte hi mujhe gussa aa gaya mai utha aur jane laga are yaar mai majak kar rahi hu priya ne kaha aur uth kar mere pass aayi usne mera hath pakra majak kar rahi thi yaar Priya ne bola mai use dekne laga vo mere ekdum pass aa gayi jalan ho rahi hai usne kaha mujhe kyu jalan hogi maine kaha. Halki thand si raat thi usne apne hot honto ko mere honto par rakha aur mujhe kiss karne lagi thori der tak hamme kiss kiya kiss khatm huaa usne mera haath pakre huye thi maa, usne jhat se mera haath chhorte huye kaha uski maa hamare back me thori door kahri thi maine pichhe mur kar dekha unhone hame kiss karte huye dekh liya tha priya ki mom gusse se priya ko dekh rahi thi priya chup chap apne mom ke pichhe-pichhe chali gayi just then raghu aur gopal upar aaye saale tu yaha kya kar raha hai aur priya ki maa etne gusse me khaha gayi raghu ne mujhse puchha. Priya mujhe kiss kar rahi thi to uski maa ne hame dekh liya maine bahut aaram se use jawab diya saale tu jaha taha kiss kyu karne lagta hao gopal ne thora gusse me kaha saale bahut marenge ye log humlogo ki lashe ghar pahunchegi lashe samjhena gopal ne dobara gusse me kaha maine kuchh jawad nahi diya.....

Priya ko ghere bahut sari aurate baithi huyi thi mai waha aaya to dekha priya busy thi apne didi ki shariya select karne me to mai jane laga aanand ruko kaha ja rahe ho priya ki didi ne kaha hum shariya pasand kar rahe hai tum bhi kar lo kal ko tumhari bhi shadi hogi priya ki didi ne kaha aur sab ladies hasne lagi ye jo line hai jise priya ki didi ne bola ye Indian womens ka copyright kiya huaa comedy line hai jise sunkar aapko ekdam hasi nahi aane wali hai. Mai waha baith gaya priya ne ek nazar meri taraf dekha ye design kitna beautiful hai kitna word par zor dete huye ek larki ne kaha tumhe jewellery lene nahi jana hai priya ki mom ne kaha jo turant waha aayi thi mom mai ready hu but di hi yaha saari select karne lagi to mai bhi baith gayi priya ne jawab diya aur khari ho gayi to kya huaa didi se tumhe kya matlab hai didi ko shari dekne do ghar me aur bhi bahut log hai tum aanand ke saath chale jaoo priya ki mom ne mujhe dekhte huye kaha mai thora shock tha ye line sunkar priya ka friend hai uske sath jayegi to ese bhi thora achcha lagega. Priya ki mom ne dobara bola priya ne kuchh reaction nahi diya priya jaldi jaoo khari kyu ho aur bhi bahut kam hai ghar me priya ki maa ne order dete huye kaha. Priya ne car ki keys uthayi aur uske saath mai bhi chal diya jewellery kharidne mom ne mujhe kal raat tumhare saath kiss karte huye dekh liya tha so mujhe aaj tumhare saath bahar bheja hai usne car drive karte huye mujhse bola. Mujhe nahi malum tha ki tumhari maa etni khule soch wali aaurat hai maine ek smile ke saath jawab diya tum meri maa ko jante nahi ho aur en bare logo ko samajna bahut hi difficult hai usne kaha car sakshi jewellery ke pass jakar ruki hum jaise hi car se bahar nikle priya ke kandhe par kisi ne pichhe se haath rakha Priya pichhe palti tum! kabir yaha Priya ne kaha. Ha surprise hi priya ke friend aanand mujhse haath milate huye usne kaha tumhe kisne bataya priya ne puchha meri pyari sasu ma ne usne jawab diya ab mai samjha aunty ne mujhe yaha kyu bheja tha maine priya ki or dekha let's go for shopping kabir ne kaha hum sakshi jewellers ke andar the hum ek counter par gaye jaha ek larki khari thi welcome sir hamare counter par aate hi us lady ne kaha world ka sabse beatiful haar world ki sabse beatiful girl ko dikhaeye kabir ne apne haatho ko priya ki taraf karte huye bahut hi stylish tarike se bola why not sir us lady ne ek smile dete huye bola us lady ne bahut sara neclace ka set hamare saamne rakh diya priya aur hum dono hi neclace dekne lage aandand tum to priya ke best friend ke list me aate ho kabir ne mujhse kaha to kyu nahi tum priya ke liye ek neclace pasand karo priya ke liye ye ek special yaad rahega ki eske best friend ne eske liye neclace pasand kiya tha kabir ne kaha meri pasand utni best nahi hai maine kaha are yaar koi baat nahi es dukan me saare neclace best hai tum koi sa bhi padand karlo kabir ne kaha ok mai try karta hu maine kaha maine ek neclace haath me uthaya ye neclace bahut hi beautiful lag raha hai maine kaha yeah bro It's really nice kabir ne kaha mai priya ko dekne laga usne mujhe ek smile diya jab tumne pasand Kiya hai to Priya ko pahna bhi do kabir ne kaha, Priya mujhe hi dekh rahi thi, fir maine priya ko neclace pahnaya wow It's really beautiful kabir ne kaha. Sach me ye bahut beautiful hai priya ne meri taraf dekhte huye kaha mere andar khusi ki patakhe fatne lage ki mai bhi etna beautiful neclace pasand kar sakta hu maine man hi man socha. Priya ek selfie ho jaye kabir ne bola aur priya ke sath ek selfie liya ese pack kar do kabir ne kaha ok sir us lady ne reply diya hum neclace ke shop se bahar nikle aaj mai din bhar free hu poore masti ke mood me hu chalo koi film dekhte hai kabir ne kaha hum teeno car me baith kar ek mall gaye. Well tumlog dono akele ghumna pasand karoge mai chalta hu maine kaha bro humlog koi porn movie dekne nahi ja rahe hai ok relax kabir ne kaha maine kuchh nahi kaha hum teeno hall ke andar movie dekh rahe the bus aaj fark etna tha ki hum dono ke bich me kabir baitha huaa tha tumhe kuchh shopping karni hai Mall se bahar nikalte huye kabir ne mujhse puchha no maine kaha, priya tum kabir ne priya se bhi puchha nahi priya ne kaha. Yaar tumhe to ek dress lena hi parega aanand ne jewellery pasand kiya aur maine movie ab tumhe apni pasand se ek dress to lena hi parega kabir na kaha hum ek ladies ke kapre ke stall me gaye kabir bhi tha mai undono se thora pichhe tha ek line me girls ke under garments lage huye the priya lena hai kabir ne under garments ki taraf esara karte huye dhire se bola mai pichhe tha but maine sun liya tha maine apni nazar doosri or kar li pink colour to bahut pasand hota hai na larkiyo ko kabir ne fir kaha aanand hamare pichhe hi khara hai ek nazar meri taraf dekhte huye priya ne expression dete huye kabir se kaha vo koi bachcha nahi hai aur waise bhi hame romance karne ka passport mila huaa hai understand kabir ne kaha. Finally priya ne ek dress pasand kiya shayad kabir se pichha chhurane ke liye mujhe bahut bhuk lag rahi hai chalo mai tumlogo ko lunch karwata hu kabir ne kaha humlog usi mall me ek restro me gaye mai chair par baitha priya bhi mere sath baith gayi aur kabir mere saamne baith gaya well tumlog kya khana pasand karoge kabir ne mujhse puchha tum lunch karwa rahe ho tum hi order karo priya ne kaha waiter hamare pass aaya kabir ne khana order kiya well aanand tum abhi graduation hi kar rahe ho na kabir ne mujhse puchha maine ha me jawab diya mere office me bahut saare younster aate hai job karne ke liye mai unka interview leta hu. jab tak hamara lunch aayega tab tak thora interview ho jaye tumhara thora fun bhi ho jayega kabir ne kaha well kabir ne bolna suru kiya ye jo larki aapke side me baithi hai kya ye apki girlfriend hai maine paani ka glass muh se lagaya hi tha ki mai sarak gaya take it easy bro ye sirf majak hai kabir ne kaha maine hankie se apna muh saaf kiya are you ok priya ne kaha mai thik hu maine priya ki taraf dekhte huye bola beta tu jisko majak bol raha hai na vo ekdam serious love story hai maine apne man me kaha tab tak hamara lunch aa gaya.aur mera para bhi dhire dhire kabir ke upar chad raha tha mujhe salad bahut pasand hai ek khire ke piece ka taste lete huye kabir ne bola aaj hamara interview uncomplete rah gaya but one day we will complete it ok bro kabir ne mujhse kaha yeah maine reply diya otherwise logo ko salad must khana chahiye ek mooli ke piece ko khate huye usne meri taraf dekh kar bola.. Saale mai yaha tere pass muli gajar khane aaya hu maine chilla ke bola mujhe pahle se hi uspar bahut gussa aa raha tha mai apni table se utha aur uski table ke pass gaya maine use ek laat khich kar mara kabir apni table ke saath thori door gir gaya uska collar pakar ke maine use baithaya aur ek thappar khich kar use diya jab se mila hai ye kar vo kar sala bhachar bhachar dimag kharab karke rak diya hai mera maine chilla kar kaha are are app jhagra kyu kar rahe hai restro ka manager beech me aaya maine haath me ek chaku utha liya jo pass se gujar rahe Waiter ke plate me thi abhi beech me koi aaya na to uske andar ye chaku ghusa dunga maine kaha priya chup chap mujhe dekh rahi thi tu saale baith maine uska collar pakar kar use chair par baithaya aur mai bhi ek chair par baith gaya tu mera interview lega saale vo meri girl friend hai ki nahi ha hai vo meri girl friend kya karega bol mai abhi tera interview leta hu bol es haath se mar khayega ya fir es haath se maine apne haatho ko dikhate huye usse puchha koi haath se nahi yaar roni surat banate huye usne bola kya maine suna nahi maine kaan uske samne lejakar bola ooo es haath se khayega maine ek thappar use diya saale tu usse puchhta hai ki kaun sa bra pahnogi saale tune kya pahna hai maine uska shirt faar diya aur andar se uski pahni ganji bhi faar dali yaha saale mera breakup ho gaya hai aur tu saala yaha maza le raha hai chal tu roke dhikha saale chal ro maine chilla kar kaha usne thora rone jaisa muh banaya maine use ek thappar mara saala achcha se ro ab vo achchi tarah rone laga mai uske liye neclace pasand karu mai use neclace pahnau sale tujhe neclace ka bahut shauk hai na mai tujhe neclace pahnata hu maine uski tie nikali aur gale me lapet diya pahan neclace pahan saale tujhe bahut shauk hai na maine uske gale ko tie se dabate huye kaha ja raha tha aur kabir mujhse chhutne ki kosis kar raha tha ruko aanand priya ne mujhe pichhe dhakelte huye chilla kar bola kya kar rahe ho ? mar jayega vo ha to marne do ese ye sala jee kar kya karega maine kaha priya ne mujhe khich kar thappar mara. Kya huaa chutki bajate huye kabir ne mujhse puchha ye sab scene mai apne dimag me soch raha tha mera aukad bhi nahi tha ki mai use maaru fir maine lunch par concetrate kiya aur jab tak hamara lunch khatm nahi ho gaya tab tak kabir hame apne success ki stories sunata raha pakata raha...

To ye kabir hai raghu ne mujhse puchha maine ha me sar hila diya raat ko hum chhat par khare the gopal aur kabir hamare liye table aur glasses saja raha tha kyuki kabir hame sharab ki party de raha tha aaj. Come on friends haath me bear ki bottle liye kabir ne hame bulaya hum sab bear peene baith gaye aur hamare saath priya bhi thi jo abhi-abhi hi waha aayi thi priya kya raghu ne puchha why not mai bahut khule soch ka banda hu bear ki bottle kholte huye raghu ne kaha yar tum aaj kuchh thik nahi lag rahe the aaj lunch ke time koi problem hai kya glass me bear dalte huye kabir ne pucha ese mohabbat wala maleriya ho gaya hai raghu ne ek kaju khate huye kaha. Ooo ho college ki love story hai poori story sunaoo kabir ne ek drink lete huye bola kuchh khas nahi bus ye jis larki se pyar karta tha uski kisi dusre se shadi hone vali hai raghu ne story sunayi means larki ne dhokha de diya kabir ne kaha nahi aisi baat nahi hai uske parents shadi ke liye ready nahi hai larki ne dhokha nahi diya hai priya ki taraf dekhte huye maine kaha. Kaun hai vo bustard larka jo inke love ke beech me aa raha hai aise logo ko shoot kar dena chahiye kabir ne kaha hum sab uski taraf dekhne lage..

Kya huaa kabir ne dobara bola aisa kya bol diya maine. you are right bro mujhe to uske maa-baap par gussa aa raha hai kaju khate huye gopal ne kaha ye sirf kaju hi kha raha tha unlogo ko bhag jana chahiye kabir ne kaha utni himmat nahi hai aanand me raghu ne glass ko haath se hilate huye kaha himmat ki baat nahi hai himmat hai mujhme but bhagna is no good maine kaha priya mujhe ghur rahi thi daru peena bhi is not good but bro tum pee rahe ho na raghu ne kaha well priya agar tum us larki ke jagah hoti to tum kya karti tum ese chhor deti kabir ne priya se puchha, esne kaha na ki larki ne ese nahi chhora hai uske maa-baap raji nahi hai glass rakhte huye priya ne kaha aur uth kar chali gayi, ab ese kya huaa kabir ne kaha pata nahi sab larkiya ek jaise hi hoti hai raghu ne kaha aur poora glass gatak liya good night friends ab wo chali gayi hai to mai bhi chalta hu kabir ne kaha aur poora glass gatak liya good night friends ab wo chali gayi hai to mai bhi chalta hu kabir ne kaha aur apni chair se khara ho gaya hamne bhi reply me good night kaha aur kabir bhi chala gaya.

Agle subah - Excuse me priya aapko bula rahi hai ek larki ne mujhse kaha kyu maine usse puchha pata nahi usne jawab diya kaha hai vo maine fir puchha apne kamre me hi hai usne kaha hum bhi chale kya raghu ne kaha us larki ne kuchh jawab nahi diya aur chali gayi. mai priya ke room gaya priya ke room ka seen horror filmo ke tarah darawna tha sab chup chap baithe huye the mujhe priya ke hostel wale room ki yaad aa gayi ekdam eske ulta, khair priya ke mom dad chup chap baithe huye the aur priya bagal me baithi huyi thi mere liye pahle se hi ek khali chair saamne rakhi huyi thi kyuki mera interview suru hone wala tha mere room me ghuste hi priya ke dad ne mujhe baithne ko kaha mere chari par baithte hi wo suru ho gaye maine tumhe uss din breakfast ke time samjhaya tha na but tumhe samaj nahi aaya priye ke papa ne kaha uncle mai pyar karta hu usse maine poori himmat se kaha dekho beta humlog bahut ejjatdar log hai aur aaj raat hamari beti ki shadi hai so hum hath jorte hai tumhare samne chale jaoo yaha se priya ki mom ne sadly muh banate huye kaha aur tum ye mat samajna ki hum tumse dar gaye hum chup hai kyuki baat hamari ejjat ki hai. Hum ejjatdar log hai samjhe priya ke dad ne kaha sir ji aapko koi bula raha hai darwaze par abhi-abhi aaye naukar ne kaha dono uth ke chale gaye priya chalo darwaze tak pahunchte hi priya ki mom ne kaha priya ne mujhe ek look dekha aur chali gayi.

Aaj Priya ka ghar bahut hi beautiful lag raha tha raghu mujhe priya se milna hai kyu raghu ne puchha pata nahi maine uske kyu ka jawab diya wo abhi saj rahi hogi raghu ne kaha to kya mujhe milna hai maine use bahut baar phone kiya lekin vo call receive nahi kar rahi hai tujhe kuchh idea hai to bataoo maine kaha achcha rook usne ek paper par kuchh likha aur ek green dress pahni huyi larki ko esare se hamare pass bulaya suno hamara ek chhota se kaam karogi raghu ne usse kaha. Kya us larki ne puchha es paper ko priya ke pass pahucha do us larki ne bina kuchh bole us paper ko liya aur chali gayi abe ye tumhari baat kyu maan gayi poore ka poora 2 din laga hai ese patane me samjhe raghu ne kaha aur tune aise kya likh diya ki vo mujhse milegi maine to use bahut baar call kiya but usne recieve nahi kiya aur last me phone off kar diya maine usse bola abhi tere phone me message aayega raghu ne kaha maine apna phone nikala turant priya ka message tha upper aaoo kya bat hai bro waise tumne likha kya tha yahi ki priya mai tumse milna chahtu hu abhi agar tum mujhse nahi mili to mai latak jaunga raghu ne poori acting ke saath kaha. Kya maine chilla ke reaction diya jaoo mil lo usse raghu ne kaha mai priya ke room gaya vo akeli saji huyi chup-chap baithi huyi thi kamre me koi nahi tha matlab vo apna chehra dek rahi thi bahut cute lag rahi ho maine priya ko dekte huye kaha usne sirf muskura diya mai uske pass gaya kya huaa bolo ab kyu milna chahte ho priya ne shishe me dekte huye bola ja rahi ho maine priya ko dekte huye bola nahi yaha saj-dhaj kar tumhara wait kar rahi hu ki tum aaoge priya ne meri taraf dekhte huye kaha mai ekdam uske samne chala gaya priya I love yo yaar maine kaha ab kuchh nahi ho sakta hai yaar usne bola, chalo bhag jaate hai mere ekdam karib aakar usne bola bhag kar kya karogi bhag. Bhag kar to logo ne pyaar ko badnam kar diya hai maine kaha usne mujhe gale laga liya aur vo ro rahi thi mujhe laga tum kiss karogi maine ek smile ke saath kaha vo bhi smile karne lagi mana ki hum purane jamane ke lovers nahi hai but tum thora ro sakte ho priya ne kaha kisi ne darwaza knock kiya priya tum ready ho gayi ho bahar se kisi ne bola aa rahi hu thori der me priya ne aansu pochhte huye kaha jaldi aaoo bahar Bahar se us larki ne kaha. Aur kuchh bolna hai priya ne meri taraf dekhte huye bola wo paper pe suicide wali bat Maine nahi likha tha maine kaha janti hu tumne nahi likha tha tum ek no ke fattu ho tum aisa likh hi nahi sakte ho priya ne muskurate huye kaha mai jane laga aanand mai darwaze tak pahuncha hi tha ki usne kaha mai abhi bhi kiss hi dene wali thi but makeup kharab ho jata na so gale laga liya muskurate huye usne bola maine darwaza khola aur chala gaya.

Gopal uth raghu ne jhakjhor kar gopal ko uthaya kya huaa yaar gopal ne uthte huye kaha maine bahut dhundha but aanand kahi dikh nahi raha hai raghu ne gopal se kaha lagta hai unlogo ne usse markar kahi patri par fek diya hoga pakka vo raat ko Priya ke room gaya hoga chumma chati karne ab humlog bhi gaye mere baap ne mujhe yaha padhne bheja tha aur kaha mai larkiyo ke chakkar me aa gaya gopal bak-bak kiye ja raha tha chup saale kya bakbak kiye ja raha hai chal use dhunte hai. Gopal aur raghu dono fresh hokar station chale aaye gopal are raghu mujhe station me dhundh rahe the ye dek sala yaha soya hai raghu ne kaha uth gopal ne mujhe uthaya humlog poore ghar me tujhe dhundh rahe the aur tu yaha kya kar raha hai gopal ne kaha kuchh der me hamari train aane wali hai raghu ne kaha dono thora gusse me the agle din hum hostel pahunche hamare 4th semestar ke exams shuru hone wale tha hum ekdam se padhayi me jut gaye aaj hum teeno gupta sir ki class attend kar rahe the gupta sir ne ek economics ka sawal puchha class me kisi ne jawab nahi diya poore class me sirf maine haath khara kiya. Yes gupta sir ne kaha eska jawab karib ek minute lamba tha maine bola poora class mujhe dekne laga right answer gupta sir ne mere jawab dene ka baad kaha. Wah kiya baat hai lover boy to pora sudhar gaya hai eske liye taaliya bajaya jaye sir ne kaha poore ka poora class ne mere liye taaliya bajaya 3 mahine beet chuke the priya ki shadi ke aur ab hamara exam bhi khatm ho chuka tha mai pub ja raha hu chaloge kya raghu ne mujhse puchha nahi tum jaoo mai kahi aur jaa raha hu maine unhe jawab diya. Tu ja har roj masjid jakar devdas ban raha hai na usse kuchh nahi hone wala hai samjha na raghu ne kaha aur padhaku tujhe raghu ne gopal se puchha gopal jo uss waqt kitaab padh raha tha vo aur jor se kitaab padhne laga ye sala padhte-padhte hi marega raghu ne bola aur chala gaya mai bhi chup chap masjid chala gaya mai har sham jata tha subah me college aur shaam ko masjid fir wapas hostel yahi meri life ka routine ban gaya tha har raath ki tarah hum padhayi kar rahe the abe ye question solve nahi ho raha hai jara mujhe bataoo na gopal ne mujhse puchha mera dimag mat kharab karo maine kaha mera mobile bajne laga hello maine kaha aanand bol rahe ho udhar se Anjali ne bola ha maine kaha tum priya ke ghar aa sakte ho vo tumse milna chahti hai usne kaha kyu vo thik to hai na maine puchha ha thik hai tum pahle aaoo to sahi yah line kah kar usne phone cut kar diya. Kya huaa raghu ne mujhse puchha Anjali ne call Kiya tha kah rahi hai ki Priya mujhse milna chahti hai Maine kaha but Kyu Raghu ne puchha, usne bataya nahi bus kah rahi thi jitna jaldi ho milne aa jaoo maine kaha to tu milne jayega gopal ne puchha jana parega maine gopal ki taraf dekhte huye kaha raghu tu ticket kar kitna ticket raghu ne puchha look ek baar mai maut ke muh se bahar aa chuka hu ab mujhe dobara jane ka koi sauk nahi hai gopal ne kaha aur wapas apni kitaab padhne laga thik hai tu sirf humdono ki ticket book karana maine raghu se kaha.

Agli subah humdono mai aur raghu jane ke liye ready ho gaye subha ki train se hum kolkata pahunche humne ek taxi book kiya. Kya huaa hoga bro maine raghu se puchha pata nahi hum dono taxi me baithe priya ke ghar ja rahe the thori der baad hum priya ke ghar pahunche raghu ne taxi wale ko paise diye priya ke ghar par tala laga huaa tha yaha to koi nahi hai raghu ne kaha hello uncle jee ye log ghar par nahi hai kya? bagal ke ghar se ek aadmi nikla raghu ne usse puchha pata nahi I week pahle suddenly ye log kahi chale gaye kisi ko kuchh nahi bataya hai us aadmi ne kaha. Thanks uncle Raghu ne kaha tu anjali ko phone karo usne mujhse kaha. Ok maine anjali ko call kiya hello anjali priya ke ghar me koi nahi hai maine kaha tum aa gaye ho anjali ne puchha ha aa gaya hu Isliya tumhe phone kar raha hu priya ka ghar delhi me nahi hai maine kaha tum gussa kyu ho rahe ho anjali ne kaha tum itna suspense kyu bana rahi ho bataoo na huaa kya hai aakhir maine kaha tum tanmay hospital aa jaoo anjali ne kaha aur call cut kar diya kya huaa raghu ne mujhse puchha anjali hame hospital bula rahi hai maine mobile apne jeb me rakhte huye bola to chalo raghu ne kaha aur taxi rukwayi mai raaste bhar yahi soch raha tha ki waha kya huaa hoga abe utar hamari manjil aa gayi raghu ne mujhse kaha ha mera dhyan tuta mai taxi se utra hum tanmay hospital ke bahar khare the kaha kho gaye the raghu ne kaha maine kuchh jawab nahi diya hum hospital ke andar gaye anjali ko call kar raghu ne kaha maine anjali ko call kiya hum hosptal aa gaye hai ab bataogi kya huaa hai maine kaha. Mai aa rahi hu, kahkar anjali ne phone cut kar diya anjali aa rahi hai hame yahi wait karna hai maine raghu se kaha, Anjali aayi chalo wo upar hai anjali ne kaha anjali aakhir baat kya hai maine thora chilla kar usse puchha vo ruk gayi humlog upar wale floor par ja rahe the bataoo na baat kya hai maine usse bahut pyar se puchha, priya ne suicide karne ki kosis ki hai usne meri taraf dekhte huye kaha, what but kyu mai poori tarah shock me tha ye kisi ko pata nahi hai usne kaha ab thik hai vo raghu na puchha chalo dekh lo anjali ne kaha hum uske room gaye waha karib ek darjan log khare the jisme uske mom-dad bhi khare the aur ward ke upar burning room likha huaa tha priya ne apne aap ko jala liya hai kya maine man me socha fir mai anjali ki taraf dekne laga usne ha me sar hila diya mai ward ke andar gaya priya bed par leti huyi thi aur uske poore sarir par patti bandhi huyi thi yaha tak ki chehra bhi dhaka huaa tha saamne screen par lines chal rahi thi jiska matlab tha vo jinda hai aur muh par oxygen pipe laga huaa tha mai uske bed ke side me baith gaya maine uska haath chhuaa ye 80% jal chuki hai anjali ne kaha mujhe uski haalat dekhkar rona aa raha tha kitne din ho gaye raghu ne puchha 2 weeks ho chuke hai aaj anjali ne kaha aur tum hame aaj bata rahi ho maine anjali ki taraf dekhte huye kaha, har raat sochi thi ki tumhe batauo but aaj tak himmat nahi ho rahi thi mai uth ke khara ho gaya kyuki doctor sahab room me aaye the aur fir uske pichhe-pichhe priya ke mom-dad bhi kamre me aa gaye. Doctor ne priya ka checkup kiya fir nurse se thori der kuchh baate ki meri beti kab tak thik ho jayegi priya ki mom ne puchha dekhiye ab to ye pahle jaisa nahi ho sakti hai but hum poori kosis karenge excuse me doctor ne bola aur chale gaye priya ke maa aur baap wahi khare the kya huaa aaj ek ijjatdar baap ki beti ne suicide kar liya hai maine priya ke dad se kaha. Hame bhi bahut duk hai meri beti ka tum to kuchh saalo se usse pyar karte the but hum bachpan se use pyar karte the priya ke papa ne famous India parents wala dialouge mara aap pyar nahi karte the sir aap invest karte the aap maa-baap nahi hai aap malik hai jo sirf apne staff ko wahi karne deta hai jo vo chahta hai maa baap use kahte hai jo apne bachho ko unki tarah se jeene dene chahta hai samjhe maine kaha. Raghu aur anjali waha chupchap khare the meri baat sunkar priya ke mom aur daad ne ek angry look diya aur bahar chale gaye. Unke bahar jaate hi priya ko hosh aaya priya ne meri taraf dekha ye sab kya hai maine usse puchha mujhe nahi pata usne rudely hokar jawab diya tumne apne aap ko jala liya hai aur mai jab se yaha aaya hu na tab se yahi janne ke liye hum sab pagal ho chuke hai. College me to bara iron lady bankar ghuma karti thi mai bak-bak kiye ja rahi thi but vo koi jawab nahi de rahi thi chup chap sune ja rahi thi. Ha priya kuchh bolo anjali ne bhi kaha usne fir kuchh jawab nahi diya thik hai kuchh nahi bolna hai to koi baat nahi mai bhi jaa raha hu mai gusse se uth kar bahar chala gaya. Tabhi priya ke mom-dad doctor ke sath room me aaye to mai bhi wapas room me aa gaya kaisi tabiyat lag rahi hai aapko pahle se. Comfortable hai doctor ne priya se puchha hu priya ne halke se kaha meri beti kitne din me chalne firne layak ho jayegi priya ke mom ne puchha look mam aapko apni beti ke saath rahna parega uski dekhbhal karni paregi uske saath rahkar exercise karwana parega dhire-dhire ye chalne firne ki kosis karegi to thik ho jayegi matlab jaldi thik ho jayegi ok doctor sahab, priya ki mom ne kaha aur hs aaplog etna jyada paresan nahi kariyega aaram se hi baat kariyega, nurse tum jara dhyan rakhna doctor sahab ne kaha. Jee sir nurse ne reply diya doctor shahab room se bahar chale gaye. Maa, priya ne kaha, ha beti bolo kya huaa ye sab kya hai priya ki mom ne kaha maa mujhe gussa aa gaya tha vo mujhse har baat pe jhagra karta tha aur jab mai aapko phone karke bolti thi to aaplog kya kahte the manage karke raho jyada drama mat karo priya ne bola priya ki mom rone lagi hum teeno bhi wahi khare the aur priye ke papa bhi chup chap sun rahe the thori der chup rahne ke baad, ma aapne mujhe aanand se shadi to karne nahi diya but ab thore din usse mere saath rahne to de sakte hai kya priya ne apni mom se kaha uski mom meri taraf dekhne lagi thik hai beta priya ki mom ne kaha, doctor sahab aaye hum aaj tumhe discharge kar rahe hai medicines dhyan se lena aur apna dhyan rakna samjhi doctor ne kaha. Priya ki mom anjali aur nurse ne unhe uthaya aur wheel chair par baithakar usee hospital se bahar le aaye bahar wo car par baithi aur ghar ke liye nikal gayi priya ke papa wahi khare the unhone mere kandho par haath rakha aur kaha chalo mai unke saath baithkar ghar aaya.

Aasman saaf tha aur taaro se bhara huaa tha, priya aisa kya huaa ki tunne ye kadam uthaya maine priya se puchha hum chhath par baithe huye the bus mujhe gussa aa gaya tha. Itna gussa ki kudh ko jala lo, ha yaar usne kaha, koi baat hai jo tum sabse chhupa rahi ho maine usse kaha aanand bro tu yahi rukega kuchh din mai chalta hu aur ha priya tum apna dhyan rakna yaar raghu ne bola, think hai Raghu tum jaoo Maine Raghu se kaha aur raghu chala gaya. Priya bolo tum kya chhupa rahi ho maine dobara bola tum kya ye bekar se topic utha liye ho baat karne ke liye usne halke gusse me kaha. Well tumhe kis topic par baat karna hai maidam ji maine kaha achcha ek baat bolo tumhe mujhe pahli baar college me kab dekha tha uss din na jab mai tumhare room me aayi thi priya ne kaha. Nahi vo 2nd time tha maine bola to pahli baar kaha dekha tha. Priya ne bola us din jab tum college me lecture di rahi thi na tab maine tumhe dekha tha pahli baar maine ek smile dete huye kaha. Achcha jee tum to bare classical lover ho tumhe yaad hai usne kaha aur tumne kab dekha tha maine usse puchha us din jab mai tumhare room aayi thi bheegi huyi priya ne kaha. Sexy lag rahi thi tum us din maine priya ko dekhte huye kaha usne bhi mujhe ek smile diya.

Raat ko jo hawaa bah rahi thi vo abhi tak khatam nahi huyi thi mere bahut uthane ke baad priya park aane ko ready ho gayi thi priya tumhe thora chalna parega us per tak Maine per ki taraf esara karte huye kaha aaj nahi aanand aaj sirf walk karungi priya ne kaha. Hello madam mai tumhara boy friend nahi hu samjhi mai yaha tumhara trainer hu, lagta hai tum doctor ki baate bhul gayi ho maine kaha. Mai kosis karti hu latke muh se priya ne kaha, vo uthne ki kosis karne lagi but uth nahi pa rahi thi. Maine uthne me uski help ki uska kandha pakarkar Maine thora dur use chalaya, ab tumhe us per tak khud Jana hai Maine usse kaha aur use chhor diya aur fir vo us per tak kud chal Kar gayi. Priya ne black chasma pahna tha aur kapre se muh ko dhake huyi thi, per ke pas jakar vo rook gayi. Mai uske pass Gaya mujhse nahi hoga usne kaha, Maine use khandhe se pakarkar balance karte huye use wheel chair par baithaya. Hum wapas car me baith gaye esi tarah hum roj subah park aate thora Mai use hasata thora exercise karwata aur har raat chhat par bahut sari pyari-pyari baate karta esi tarah karib ek mahina beet gaya...

Har raat ki tarah aaj bhi hum chhat par baithe huye the aur aaj hamare pass pizza aur bear tha gajab ka combination tha, maine socha bhi nahi tha ki aaj ki raat Meri aakhri raat hogi, aaj tumko bear peene ka man kaise Kar gaya pata hai maine kitna chhupa Kar laya hu maine kaha, Priya ne ek smile diya Meri baat sunkar,aaj raat tumhare saath meri last night hai na to socha apna Arman Puri kar lu. pizza taste karte huye Priya ne bola. Kyu maine puchha, ab tum wapas jaooge apne college usne bola, Kyu Maine fir puchha, mere chakkar me apni padhayi barbaad mat karo samjhe, poore ek mahine ho gaye hai tumne yaha,aur tumhari family ko pata hai ki tum yaha ho, priya ne kaha aur bear ka dhakkan khola, tum mere study ki chinta mat karo mai manage kar lunga, maine use jawab diya aur apni bear ke bottle open ki. Ek baat bolu maine bear peete huye bola, ha bolo Priya ne kaha, tumne ye Kyu kiya Priya Maine puchha, Priya ne muskura diya, ok Mai tumhe Bata rahi hu. but ek promise karo ye baat tum kisi ko bhi nahi bologe Priya ne kaha, Kabir bahut kamina larka hai, vo Jo sabke saamne gentleman banta tha sab jhuth tha, esi tarah jab Mai nayi-nayi uske Ghar gayi to wo kuchh jyada hi overreact karta Tha, ek din raat ko wo mere pass aaya mujhe bahut bara highway banane ka contact Milne Wala hai, usne kaha, congratulations Kabir so tum aaj itne khush ho Maine kaha vo Jo subah aaj aaye the na jise tumne apne haatho se coffee pilaya Tha, vo hi es project ke head hai samjhi, Kabir ne kaha Maine ha me sar hila Diya yaha baitho mujhe tumse baat Karni hai usne Mera haath pakar kar bola Mai bed par baith gayi, aur vo mere saamne baith gaya, suno ye crores RS ka project hai aur tum chaho na, to mujhe ye project dilane me help Kar sakti ho usne kaha Mai Kya help Kar sakti hu mujhe es field ka koi knowledge nahi hai. Maine kaha, ek knowledge hai tumhare pass Jo har larki ke pass hota hai, Kabir ne kaha, kahna Kya chahte ho saaf saaf kaho na Etna gol gol Kyu kah rahe ho Maine kaha, bas tumhe ek raat uske saath Sona parega, Kabir ne kaha, tum pagal ho gaye ho kya tum aisa soch bhi Kaise sakte ho. Maine gusse see kaha, agar so jaoogi to kya ho jayega college me koi na koi to tumhara boy friend raha hi hoga baat to aise kar rahi ho ki tum kitna virgin larki ho usne chilla kar mujhse kaha to tumhara kya matlab hai mai sabke saath sote chalu girlfriend to tumhari bhi hogi itna hi paisa kamane ka bhoot chadha hai to jaaoo tumhari bahan bhi to ghar me hai use hi bhej do vo to abhi abhi jawan huyi hai maine chilla kar use jawab de diya to usne mujhe ek thappar mara aur chala gaya maine rote huye maa ko bataya ki hamara jhagra huaa hai aur usne mujhe ek thappar mara dekho priya thora manage karna shiko husband wife me etna hota hai meri maa ne jawab diya but usne mujhe mara maine fir kaha jyada jhuth mat bolo aur thora manage karna shikho maa ne bola aur phone cut kar diya maa ki baat sunkar mujhe bahut hi jyada gussa aaya maine gusse se phone patak diya aur kitchen gayi gas on kiya aur kud ko jala liya uske bear ke saath uski story bhi khatam ho gayi tumhe ye baat apni mom aur police ko batani chahiye maine kaha, aise hi wo presan hai aur maine bata diya na ye sab huaa hai to vo poori life kud ko koste rahenge ki mere karan meri beti ki life barbaad ho gayi priya ne sadly kaha, vah kya bat hai mujhe maalum nahi tha ki cigarette peene wali larki bhi itna imotional hoti hai maine ek smile dete huye kaha. Mujhe dekkar Vo bhi muskurane lagi kal morning mujhe jogging ke liye uthana mat usne khare hokar kaha ab vo chalne firne layak ho chuki thi kyu maine puchha aaj bahut thak gayi hu. Usne kaha ok madam jee.

Mera alarm bajne laga maine use band kiya utha aur fresh ho gaya tabhi mujhe yaad aaya priya to aaj jogging nahi jayegi fir maine socha chalo uth gaya hu to chala hi jata hu readhy hokar jab mai priya ke room pahuncha to maine dekha uske darwaze ko bahar don't disturb ka board tanga huaa hai aaj use uthaoo mat sone do pichhe se priya ki mom ne kaha lagta hai aaj vo jana nahi chahti hai mere pass aakar priya ki mom ne dobara kaha maine ha me sar hila diya bahut achchi hai meri beti aur bahut pyari bhi par pata nahi kyu achchhe logo ke saath hi bura hota hai itna bolte hi priya ki maa rone lagi. Mai bus unhe dekta hi raha mai bhi kya-kya bolne lagti hu aansu pochhte huye priya ki ma ne bola aaj tum akele hi chale jaaoo, jee aunty maine bola aur jogging ke liye chal para jab mai jogging se wapas aaya to ghar par tala laga huaa tha tala kyu laga hai bhai maine man hi man socha kya huaa tala kyu band hai maine bagal wala uncle se puchha, thik-thik mujhe pata to nahi hai but rone ki aawaze aa rahi thi fir ek ambulance aaya aur usme baithkar sab chale gaye mujhe lagta hai enki beti ki tabiyat kuch jyada hi kharab ho gayi thi bechari ke saath Jo bhi huaa achcha nahi huaa us uncle ne kaha.

OK uncle jee thanks maine bola maine bhi taxi liya aur hospital ki or chal para mai raaste bhar soch raha tha ki aakhir kya huaa hoga agar tabiyat kharab huyi hogi to puri family ke log kyu chal pare sochte-sochte hamari taxi hospital pahunch gayi esi hospital me priya ko treatment chal raha tha priya naam se yaha koi admit huyi hai abhi, maine counter par logo ko samjhati huyi larki se puchha, yes usne register check karte huye bolo aap upar wale floor pe ward no 11 me chale jaaeye. Mai bhi upar gaya room ke bahar kuchh log chup chap udas khare the mai bhi dhire-dhire chalte huye room me ghusa, priya bed par leti huyi thi priya ki family wahi thi uski maa uska haath pakarkar ro rahi thi priya ka chehra dhaka huaa tha mai bhi priya ke pass gaya priya ne fir suicide kiya hai aur is baar she is no more, wahi khare doctor ne kaha maine kapra hatakar last time uska chehra dekha mujhe bhi rona aa gaya mai waha chup chap khara ho gaya. Priya ki maa rote huye mere pass aayi kya huaa tha meri beti ko unhone kaha, kyu mar gayi unhone rote-rote mera shirt pakar liya bolo-bolo unhone jhakhjhorte huye puchha. Apni maa ko sambhalte huye khich kar le gayi maine priya ki taraf dekha, uske gaalo par haath fera ab mujhe ek dam bardasht nahi ho raha tha mai bhi rone laga priya ka haath pakarkar. Doctor sahab aaye unhone priya ka chehra dhak diya. Priya ke papa chup chap kone me khare ro rahe the priya ko dafnaya ja raha tha hum sab waha khare the fir hamne uske kabra me mitti dala raghu gopal anjali aur priya ke dost family sabhi waha khare the. Dhire-dhire sabhi chale gaye bro chalo raghu ne mujhse kaha tumlog jaoo mai yaha thori der rookunga maine kaha to direct station aa jana humlog wahi tumhara wait karenge raghu ne kaha aur teeno waha se chale gaye dhire dhire har koi waha se chala gaya mai wahi baith gaya chup chap akela mujhe rona aa raha tha but mai chup tha maine apne pocket me haath dala ye dekne ke liye ki time kitna huaa hai maine jaise hi mobile nikala uske saath ek paper gira ye kya hai uthate huye maine bola maine use open kiya ye to letter hai maine apne aap se kaha maine use padhna suru kiya.

Hi, mere fattu lover, sorry-sorry ab tum faltu nahi ho mere darling lover mai tumse bahut pyaar karti hu really love you, you are good aur mai janti hu tum bhi mujhse bahut pyar karte ho gusse me maine jo bhi kiya but mere jalne ke baad bhi jo tum mere saath rahte the na to mujhe tumse aur pyaar hone laga tha but maine apni life ko barbaad kar liya hai, aur mai nahi chahti thi ki mere chakkar me tumhari life bhi spoil ho mai janti thi ki agar mai tumse abhi kahti na tum mujhse shadi kar lete kyuki tum bhi mujhse bahut pyaar karte the so mai jaa rahi hu. I am really really sorry baby ye mat sochna ki mai tumhare karan ja rahi hu agar mai jinda rahi na to ek na ek din mom-dad ko pata chal hi jayega ki mai kyu jali aur bechare poori life paresan rahenge ek taraf mom-dad aur doosri taraf tum paresan rahoge mujhse so mai jaa rahi hu aur ha meri yaad me devdas mat ban jana samjhe aur apni shayri ki book jarur publish karwana, likhte tum bahut hi mast ho tumhari shayri padhkar tumhe jarur koi no koi mil hi jayegi. Priya ne letter likha tha mere liye aur mere pocket me rakh diya tha padhte-padhte mujhe rona aa gaya meri aankhe bhar gayi, maine uska letter mora aur pocket me wapas rakh diya maine priya ki taraf dekha aur chala gaya direct station pahuncha. Mera phone bajne laga kaha ho bro phone par raghu ne mujhse puchha mai station pahunch chuka hu bolkar maine phone cut kar diya train station par aa chuki thi mai direct apni coach me gaya, aa gaya hero gopal ne raghu ko dekte huye kaha thik time par aaye ho sirf five minute bacha hai train khulne me gopal ne dobara kaha, mai jakar chup chap apni seat par baith gaya aur vo dono sone chale gaye, anjali mere paas aakar baith gayi. Itna udas kyu ho yaar so jaaoo aankhe lal ho gayi hai chehra dekha hai apna anjali ne mujhe dekhte huye kaha. Mai use dekhne laga aajkal tumhare jaise product bazar me miltae nahi hai anjali ne muskurate huye kaha maine bhi muskura diya. tumhe neend nahi aa rahi hai maine usse puchha nahi yaar mai aaj din me so gayi thi anjali ne kaha. Priya ki yaad aa rahi hai anjali ne puchha bahut jayada maine kaha, tumhari bhi love story bahut filmy hai yaar anjali ne kaha neend mujhe bhi nahi aa rahi hai aur tumhe bhi nahi.to kyu na tum mujhe apni love story sunaoo anjali ne mujhse kaha mai use dekhne laga agar nahi sunana chahte ho to tumhari marji usne kaha nahi aisi baat nahi hai maine kaha fir maine poori raat use apni kahani sunayi.

1st Part Completed

Ye meri kahani thi unhone mujhse kaha ha love story to mast hai maine kaha matlab aap bhi aanand se hi pyaar karti thi maine puchha, ha aisa mujhe bhi lagta tha unhone kaha, but aapki shadi aanand se ho nahi saki maine dobara kaha tum poori kahani sunoge tab tumhe samaj aayega ye to sirf pahla part tha well ek baat bataoo tumhari girl friend hai unhone mujhse puchha garib ki girl friend nahi hoti hai madam jee maine dialouge mara. Aajkal sabke pass hoti hai sir ji unhone ek smile dete huye mujhse kaha waise tume book start karne se pahle ek girl friend bana lo book likhne me easy hoga unhone kaha mujhe kisi se pyaar huaa hi nahi to phir girl friend kaise bana lu mai aaj kal ke cool generation type ka larka nahi hu jo sirf sex ke liye kisi se jhuth bolu ki mai tumse pyaar karta hu. but maine ek larki ko bola tha to wo boli ki girl friend nahi banegi ha agar mai bolta ki pyar karta hu tumse to wo razi ho jati. Maine kaha aur waise bhi mujhe book likhne me problem nahi hai wo to likh hi lunga, problem hai publish kaun karega wo muskurane lagi matlab tum virgin ho unhone kaha. Mai to ekdam se sarma gaya maine kuchh jawab hi nahi diya. bolo sarmaoo mat unhone kaha ha maine jawab diya to ab sarmana chhor do kyuki ab kahani me sex nam ka bhut aane wala hai samajhe unhone kaha maine sirf sar hila diya aur hot story sunne se pahle ek hot coffee ho jaye unhone kaha aur kitchen chali gayi thori der baad vo coffee lekar aayi aur baith gayi mere samne. Maine ek cup uthaya aur ek unhone fir unhone mujhe aage ki kahani batani suru ki abhi tak tumne jo story suni vo aanand aur priya ki thi jise aanand suna raha tha ab mere jubani se tum story sunoge samjhe unhone coffee peete huye kaha maine ha me sar hila diya.

2nd Part Starts

Aur phir uske baad maine riya se puchha jiske saath baith kar mai canteen me coffee pee rahi thi ek larki class me chori karte huye pakri gayi thi vo mujhe usi ki kahani suna rahi thi usne pizaa khaya aur phir bolna suru kiya vo mujhe kahani sunate jaa rahi thi usi bich mera phone baja maine call receive kiya but mera dhyan uski taraf tha Hello aap kaun bol rahi hai udhar se aawaj aayi call aapne kiya hai aur mujhse puchh rahe hai maine bola jis number se mai aapse baat kar raha hu vo aapke mobile par save hoga dekhiye riya ke story sunne ke chakkar me maine naam hi nahi dekha are ye to aanand ka number hai, ha ye to aanand ka number hai aap kaun bol rahe hai maine puchha ha jo bhi ho ye jinka number hai na unka accident ho gaya hai usne kaha kya, but kaha maine shock hote huye puchha, kya huaa riya ne puchha? mandir ke passs enka accident ho gaya tha but abhi humne inko hospital me admit karwa diya hai mai address aapko message kar deta hu usne kaha thik hai ok jaldi bhejiye maine bola aur call cut kar diya mai jaa rahi hu ok kisi ka accident ho gaya hai mujhe hospital jana parega bye maine kaha aur apna bag uthaya aur waha se chali gayi, maine taxi li raghu aur gopal ko bhi call kar diya kuchh der bad mai hospital pahunchi jo address usne mujhe message kiya tha. Aapne hi mujhe call kiya tha maine ek aadami se puchha jo table ke pass khara tha aur uske kapro me khun laga huaa the maine bina soche samjhe usse direct puchh liya. aap anjali ho us aadami ne andaja lagate huye bola ha maine jawab diya vo uppar hai chaliye usne mujhese bola aur humdono uppar ke floor me gaye aanand ICU me tha aapko ye kaha mila tha maine unse puchha mai subah subah walk pe akele nikla tha mandir ke pass se jab mai ja raha tha tab pandit jee ne mujhe aawaj lagayi mai pass gaya to dekha kisi bike ne ese takkar mar di hai tab subah ka time tha jyada bhir nahi thi do-char aadami hi waha khare the. Bike wala to bhag gaya fir maine aur pandit jee ne ese uthaya aur hospital lekar aaye uss aadami ne mujhe poori story sunayi. Pandit jee kaha hai maine unse puchha vo bhi to niche hi counter ke passs khare the usne kaha. Fir hum dono niche pandit jee ke pass aaye pandit jee counter ke pass hi khare the maine unhe namaste kiya unhone bhi mujhe namaste kaha. Pandit jee ese hi maine phone kiya tha uss larke ne pandit jee se kaha kya lagta hai ye tumhara pandit jee ne mujhse puchha dost hai mera pandit jee maine reply diya eske family ko call kar diya hai unhone puchha hai. Maine jawab diya aaj ye larka mandir aaya tha thora paresan lag raha tha aur bahut khoya-khoya tha ye mandir se bahar nikla aur eska accident ho gaya pandit jee ne kaha ussi waqt raghu aur gopal bhi pahunch gaye. Anjali, aanand kaisa hai raghu ne puchha abhi ICU me hai inhone hi unhe yaha admit karwaya hai maine raghu se kaha. Thanks uncle raghu ne kaha, ok beta mai chalta hu ab tumlog uska dhyan rakho pandit jee ne kaha aur ha ye aanand ka mobile hai us aadmi ne yah kahte huye mujhe mobile diya vo dono waha se chale gaye hum teeno upar gaye aur table par baith gaye kuchh ghante beetne ke baad doctor sahab bahar nikle hum sab khare ho gaye dekhiye abhi situation bahut critical hai sar par gahri chot lagi hai khun bahut nikal gaya hai hosh aane me samay lag sakta hai doctor sahab ne bola aur chale gaye. Hum teeno ne raat wahi gujara agle din aanand ke mom-dad aur family wale waha pahunche aur direct ICU me jane lage abhi aap andar nahi ja sakte hai ek doctor ne unhe roka unki baate sunkar mera neend tut gaya Maine aanand aur raghu ko bhi uthaya mai uthkar aanand ke mom ke pass gayi maine hi aap logo ko phone kiya tha ye aanand ka mobile hai lijiye maine kaha aur unhe mobile de diya.

Poora ek mahina beet chuka tha abhi tak aanand ko hosh nahi aaya tha par hamara college beet raha tha. Chachu breakfast ready hai mai college ja rahi hu maine apne chachu se kaha wait babu tumhare papa ka phone aaya tha unhone apne chair se uthte huye mujhse kaha kya kah rahe the chachu maine bola unhone tumhe bulaya hai shayad koi naya project suru kar rahe hai tumhe jana parega beta aur ha unhone aaj raat ka ticket bhi bhej diya hai unhone mujhe flight ke do ticket dikhate huye kaha. Oooh chachu papa ko bhi na bahut jaldi rahta hai har kam ke liye maine halka upset wale mood me kaha jo bol diya na turant hona chahiye aur 2 ticket kyu maine dobara chidh kar bola kyuki mai bhi ja raha hu tumhare saath chachu ne kaha. Really chachu maine kaha aur college chali gayi raaste me maine socha aaj raat ko to jana hai to Chalo aanand se mil leti hu maine apna scooty hospital ki taraf mura Diya, thori der me Mai hospital pahunch gayi. Mai uske ward gayi to dekha bahut jyada bhir lagi huyi thi. raghu bhi khara tha kya baat hai raghu se maine puchha aaj aanand ko hosh aane wala hai raghu ne meri taraf dekhte huye kaha turant gopal bhi aaya kya bhai etni bhir hai nikal liya kya gopal ne raghu se puchha humdono use hi dekhne lage usee hosh aaya hai isliye hum aaye hai maine usse kaha kya yaar tum bhi raghu ne use muskurate huye kaha hum sab room ke andar gaye doctor aanand ka haath pakar kar check kar rahe thee kaisa feel kar rahe ho Mr. aanand ko hosh aa chuka tha mere sar me thora pain ho raha hai usne doctor se kaha ok aaplog thori der me esse baat kar sakte hai ese rest ki jarurat hai kaise ho chachu chhote se bachche ne aanand se puchha thik hu aur tum mast hun aanand ke puchne ke baad uss bachche ne jawab diya aanand ki maa uske pass wale chair par baith gayi aur uske sar par haath fera. Aap kaun hai aanand ne puchha mai tumhari maa hu unhone jawab diya. Vo kya hota hai uski maa thora sad hokar doctor ki taraf dekhne lagi aur humlog bhi. Aap aaram kariye aapko aaram ki jarurat hai doctor ne aanand ko kaha. Aap hamare cabin me aaeye doctor ne aanand ke parents se kaha etna kahkar doctor sahab bahar nikle aur tab hum bhi unke pichhe-pichhe jane lage hum unke cabin me pahunche waha ek bahut bara lab tha vo hame ek bare se lab me le gaye aur ek bari se machine thi jisme unhone X - Ray ki copy dali matlab us LCD jaisi machine ke upar rakhi dekhiye ye jo dots dikh rahe hai na black-black yaha eske khun jam gaya tha aur sar par bhi gahri chot lagi thi jiske karan ese brain hamrage ho sakta tha but huaa nahi jis samay eska accident huaa us waqt ye jis baare me soch raha tha uske baare me ye sab kuchh bhul chuka hai means ye us waqt larki ke baare me soch raha tha so ye bhul chuka hai ki larki kya hoti hai halanki eska memory nahi gaya hai samjhe professor sahab. Dekhiye aapne kabhi news me suna hoga ki kisi larke ka accident hota hai aur wo apni language bhool jata hai aur dusri language me baat karne lagta hai aisi cases lakho me ek aati hai doctor Sahab ne lamba bhasan markar hame samjhaya but ye thik kab tak hoga anand ki mom ne puchha dekhiye eska koi proper treatment nahi hai aap logo ko eske saath rahna parega aur batana parega ki larki kya hoti hai dhire-dhire ye sikh jayega but ha pahle ese apne saath ghar nahi le jaeyega ese dosto ke saath rahne digiyega college me rahega kuch mahine phir uske baad wapas ghar aa jayega doctor ne bola. Ghar le jane me kya problem hai doctor sahab aanand ki di ne bola problem koi nahi hai but dosto ke saath ye jaldi ghul mil jayega samjhe doctor ne kaha aur ha abhi aap log ja sakte hai kyuki ese 1-2 week baad discharge karunga doctor ne hamse kaha.

Chachu aap ready ho, chaliye maine kaha yes beta tum etni jaldi ready kyu ho jati ho thore time liya karo larkiya thora time lagati hai chachu ne apni tie thik karte huye bola. Maine jawab me muskura diya driver ne darwaza khola mai aur chachu baith gaye kuch der baad airport aa gaya, chalo airport aa gaya hai, kaha kho gayi ho chachu ne kaha lagta hai maidam ko india bahut pasand aa gaya driver ne kaha. Yes you are right, chachu ne bhi smile dete huye driver ki baat pe reply diya phir hum airport gaye apni plane pakri aur agle din londan airport par mai aur chachu dono pahunch chuke the. Hi meri friend crysty ne kaha ye london me meri dost thi; hi uncle jee kaise ho app aur tumhara india tour kaisa raha mai shock hokar use dekhne lagi kyuki wo hindi bol rahi thi.

Surprise crysti ne bola maine socha tum India gayi ghumne etne din mai kya karu to maine tumhare liye surprise rakha to kaise lagi meri hindi; baat karte-karte hum airport se bahar nikle. Hi daddy maine gale lagate huye dad se bola. Hi beta kaisa raha tumhara tour yes fine dad maine bola hum car me baith gaye aur papa ne mujhe mere kaam ke baare me batana suru kar diya poore raaste unhone mujhe mere project ke baare me bataya at last hum ghar pahunch gaye. Ok by anjali abhi tum aaram karo mai kal tumse milti hu.

Agle din Mai aur cristi dono ek coffee shop me the. One coffee tum kya logi crysty ne mujhse puchha kuchh nahi maine use jawab diya. Tum etni sad kyu ho aur India me kya-kya maja kiye koi boyfriend banaya ki nahi cristi ne kaha mai muskurane lagi mujhe pyaar ho gaya hai maine kaha. Really usne etni jor se kaha ki agal-bagal wale log hame dekhne lage sorry-sorry kaun hai wo young charming man usne kaha hai ek India me maine muskurate huye kaha tumne uske saat kya kya kiya naughty type face banate huye usne kaha uski baat ko beech me hi katte huye maine bola no yaar abhi tak maine use bataya bhi nahi hai ki mai usse pyar karti hu maine kaha. Kya! usne thora shock hote huye mujhse puchha yaar but kyu? lambi story hai maine kaha mai aur bhi coffee pee sakti hu ok usne kaha maine usse poori story sunayi really yaar lovely story, ab kya karogi meri story sunne ke baad usne puchha soch rahi hu India me hi rahungi hamesha ke liye mera phone bajne laga. hello yes dad maine kaha. Kaha ho beta, cristi ke saat hu, ghar kab aa rahi ho? ok dad aa rahi hu thore der me kahkar maine phone cut kar diya. Hame chalna chahiye maine phone kaatte huye usse kaha.

Do din se mai office ja rahi thi apne kamo ko kar rahi thi ye file mam vo file mam mera dimag fata ja raha tha kaamo ke pressure se mai soch nahi paa rahi thi, kuchh mahine yu hi beet gaye aur aaj mai let se ghar pahunchi apne room gayi file rakha fresh huyi aur dinner karne gayi papa aur chachu pahle se hi baithe huye the, hi daddy hi chachu maine kaha udhar se bhi reply aaya aajkal tumhe kaam me man nahi lag raha hai kya baat hai jab se tum India se aayi ho bahut khoyi-khoyi se rahti hoo do saal tum india me rahi ab aage kya erada hai mere papa ne mujhse puchha. Actually dad mujhse aapse kuchh baat karni hai maine rice apne plate me liya aur bolna suru kiya daddy mai soch rahi hu na ki mai bhi bharat me settle ho jaauoo aur aisa aap kyu soch rahi ho papa ne puchha kyuki hamari successful bitiya ko kisi se pyar ho gya hai chachu ne kaha oooo hooo to ye baat hai mere dad ne ek smile dete huye kaha kaun hai wo aur mai kab usse mil raha hu pahle use to batane digiye ki mai usse pyaar karti hu maine kaha to tumne abhi tak use bataya bhi nahi hai ki tum use pyar karti ho, wo dad muskurate huye maine na me sar hila diya humlogo ka ek naya product India me start ho chuka hai to naye employes ka interview bhi lena hai chali jaoo papa ne kaha ok dad etna kahte huye mai uthi aur papa ko ek hug kiya wah kaam maine kiya aur jhappiya papa ko oooh chachu I love you Maine kaha aur unhe bhi gale laga liya mai apne room gayi aur apne bed par pet ke bal let gayi fir maine cristi ko call kiya hi baby maine kaha kya baat hai bahut happy lag rahi ho crysti ne mujhse kaha mai wapas india ja rahi hu hamesha ke liye maine kaha really, but mujhe mat bhul jana samjhi aur haa mai bhi aaungi us handsome se milne samjhi na cristi ne mujhse kaha. Ok yaar maine use jawab diya lagta hai excitement me tumhe neend nahi aa rahi hai ek movie bheju kya mood fresh karne ke liye cristi ne kaha have you gone crazy chal phone rakh maine kaha. Haa baby ab to ham pagal hi ho gaye hai usne kaha. Ok bye itna kahkar maine call cut kar diya.

Agli morning mai fresh ho gayi saaman to pack ho hi gaya tha by dady by chachu Airport par mai chachu aur papa ko by kar rahi thi ab kise khoj rahi ho papa ne kaha papa cristi nahi aayi abhi tak maine use search karte huye kaha vo dekho aa hi gayi chachu ne kaha kaha thi tum abhi tak yaar traffic usne haafte huye kaha. Mujhe bhulna mat aur haa mai bhi aa rahi hu kuchh din me India, thik chal bye cristi ne mujhe kaha by maine kaha aur waha se chali gayi. Mai flight me baithi agle din mai delhi pahunch gayi aur direct apne office gayi wahi fresh hokar ready ho gayi kyuki hamare office me employes ke recruitment ke liye interview hone wala tha mai bhi fresh hokar interview panel me baith gayi ek do candidates ka interview ho bhi chuku tha, May I Come in sir ek larke ne bola are ye to gopal tha mujhe dekhkar wo ekdam shock ho gaya sit down mere bagal me baithe sharma sir ne kaha wo baith gaya aur wo mujhe hi dekh raha tha hello sir hello mam gopal ne kaha hello maine bhi jawab diya thori der uska interview chala aur vo poori interview mujhe hi dekh raha tha ok young man sharma sir ne kaha thanku sir gopal ne kaha aur uth kar bahar chala gaya. Uske jaane ke baad mai bhi bahar nikli wo log office ke bahar jaa chuke thee aur bahar parking me khare the shayad mere baare me hi discuss kar rahe the. Mai unlogo ke pass gayi aur gopal ke kandhe par hath rakha wo teeno mujhe hi dekhne lage maine bola tha na wo angali hi thi gopal ne raghu se kaha wo teeno mujhse bahut dhyan se dekh rahe the inse milo ye hai miss angalii priya ki best friend thi gopal na kaha. Gyus relax mai tumhe sab batati hu maine unse kaha maine unhe apne baare me bataya hum charo mere ghar pe thee wah kya baat hai matlab ek millionaire hamari friend hai raghu ne kaha angali mujhe ek job jarur dilwa dena please gopal ne kaha ok don't worry maine kaha ab humlog chalte hai anjali. Raghu ne kaha aanand ko yahi chhor do aur tumlog jaaoo, mujhe aanand se 2 minute baat karni hai maine kaha ha ha 2 minute kya 2 ghante baat karo but ek baat samaj lo eska ek screw dhila ho gaya hai to thora sambhal ke gopal ne kaha by madam jee raghu ne kaha aur dono chale gaye. Well tum priya ke best friend hi na usne mujhse puchha ha maine jawab diya mujhe tumse bahut saari baate karni hai priya ke baare me aanand ne kaha baato ko thora sweet banate hai mai coffee banati hu maine kaha aur kitchen aa gayi aur coffee banane lagi thori der baad wo bhi aa gay. Tumhe coffee pasand hai aanand ne mujhse kaha ha mai coffee hi peeti hu maine kaha to tumhe priya ki yaad aati hai maine aanand se puchha mujhe to koi yaad nahi aati hai aanand ne kaha vo tumse bahut pyar karti thi Maine kaha, tumhara koi lover hai Matlab tum kisi se pyar karti ho Kya aanand ne mujhse puchha, ek hai maine kaha kaun hai wo usne puchha tum jante ho use maine kaha mai use janta hu kaise aanand ne shock wala reaction dete huye kaha but one thing you know maine abhi tak bataya nahi hai ki mai use pyaar karti hu kyu usne puchha kyuki wo kisi se pyaar karta tha so maine bataya nahi maine coffee ready karte huye use bataya to ab aanand ne bola ab wo usse alag ho chuka hai coffee use dete huye maine kaha then use bata do ki tum usse pyaar karti ho aanand ne kaha, but I think agar usne mana kar diya to wo mana kyu karega tum bahut mast ho in behaviour duniya ka koi larka tumko Mana nahi Kar sakta hai usne kaha. Well ek baat ka jawab do agar tum wo larka hote to kya karte maine usse puchha mai to haa hi kahta aanand ne muskura kar kaha then wo larka tum hi ho maine kaha wo mujhe muskurate huye dekne laga "mai" aanand ne kaha yes tum mai tumse hi pyaar karti thi but tum priya se pyaar karte the so maine kabhi kaha nahi but aaj kah rahi hun. Bataoo kya jawab hai uske ekdam pass jakar maine bola suddenly mai tumhe kaise bata du ki mai tumse pyaar karta hu. Abhi thik se tumhe janta bhi nahi hu aanand ne kaha but abhi tumne kaha ki tum uss jagah rahte to jarur haa kahte maine kaha mai tumhe apni girlfriend bana sakta hu but tumhe lover nahi bana sakta hu kyuki mai tumse pyaar nahi karta hu aanand baat to wahi hai na maine usse kaha. Wrong, coffee ka cup rakhte huye aanand ne kaha tumlog na bahut confusion me rahne wale log ho aanand ne kaha, kaise maine puchha look break up aur divorse en words ka suni ho, yes maine sar hilaya ye words kyu bane hai janti ho aanand ne puchha, Mai samjhi nahi maine kaha tumlogo ne girlfriend aur lover dono ko mix kar diya hai GF / BF ka matlab kya hota hai jise saath hum gumte hai mauz masti karte hai sex karte hai jise flirt kahte hai but lover ka matlab kya hota hai jisse hum pyaar karte hai aur usse hi ham shadi karti hai life bitate hai but tumlogo ne dono ko mix kar diya hai jiske karan tumlogo ka breakup aur divorse hota hai. Nahi to jisse hum pyar karte hai usse alag kyu honge kabhi maa se alag huye hai kabhi koi word ka invention huaa hai maa aur bachche ke alag hone ka baat kuchh samaj me aayi usne bola. Thori-thori baate samaj me aayi don't worry mai dhire-dhire poori samjha dunga usne mujhse kaha to bolo meri girlfriend banogi mere ekdam pass aakar usne mujhse bola mai use dekh rahi thi ok maine dhire se kaha usne apne dono haatho se mere gaalo ko pakra aur mujhe kiss karne laga kiss karne ke kuchh palo ke baad usne mujhse puchha kiss karna aata hai tumhe aata to nahi hai but etna pata hai ki kiss bahut tasty hota hai muskurate huye maine kaha usne apni T - Shirt utar di aur phir usne mujhe apni baho me utha liya aur bedroom me le gaya usne mujhe bed par lita diya aur mere saamne baith gaya you are very fast boy frined maine usse kaha to boy friend / girl friend fast hi hote hai aanand ne muskurate huye kaha. Ab kya karne ka erada hai Mr. maine kaha pahle kiss to achche se karne do erade to bahut kuchh karne ka hai. Pyaar to tum mujhse karte ho nahi to phir sex kyu maine kaha. Sex karne ke liye pyaar ki jarurat hai ye kis kitaab me likha huaa hai maidam usne kaha, usne mere dono haatho ko upar kiya mere kamar ke upar hath rakha aur mere T - Shir ko kholkar ek side me rakh diya mai sirf bra me thi usne mujhse lita diya aur mere pass aakar usne kaha meri aankhon me dekho phir vo mere hanto ke pass aakar usne mujhe kiss karna suru kiya apne honto se poora mere honto me ghuskar usne mujhe kiss kiya mai poora andar se sihar gayi upar se niche tak. kya huaa usne mujhse puchha mujhe thori gud gudi ho rahi hai maine muskurate huye kaha mere pass sabka elaj hai baby etna kah kar usne apne t - shirt se mere ek haath aur mere t - shirt se mere doosra haath bandh diya mai abhi aata hu etna kahkar vo bahar chala gaya kuchh second ke baad wo ek glass ke sath aaya jisme kuchh cutting ice the use lekar wo andar aaya aur mere pass aakar khara ho gaya kya murder karne ka erada hai maine kaha usne glass se ek ice nikala aur mere nabhi ke upar rakh diya mere poore body par sihran paida ho gayi phir uske baad usne apni ungli ko mere baalo ke beech rakha aur waha se mere sarir par ek line khichte huye nabhi par pahunch gaya aur usne nabhi ke upar rakhe ice ko ek ungali mara vo ice ka piece sidhe mere honto par aa gaya nisana ekdam pakka hai aanand ne kaha sabse pahle usne mere sar ko chuma aur fir wo kiss karta hi jaa raha tha sar se start karta huaa wo mere nabi tak aa gaya esse kahe hai kiss karna samjhi aanand ne mujhe kaha.

Suraj ki kirne mere muh par lagi jisse meri neend toot gayi mai uthi aur jooro se apne body ko strech kiya aanand utho maine usse kaha haa uth raha hu aanand ne kaha jo abhi bhi neend me hi tha. Maja aaya usne mujhse kaha. Mujhe to bahut aaya aur tumhe uske ekdam pass jakar maine usse kaha wo muskurane laga mai fresh hokar aati hu mai help kar du kya no eski koi jarurat nahi hai maine kapre pahante huye kaha. Fresh hokar mai wapas room me aayi vo soya huaa hi tha maine usee uthaya uske aankho par pani ke chhite mara vo utha aur chadar odhe huye bed par baith gaya aur mai chair par baith gayi good morning maine usse kaha you too aanand ne kaha well mai etne mahine apne dad ke pass rahi tumne yaha kya-kya kiya aur tumhari memory se to larki naam delete ho gya tha na maine usse kaha, to tumhe ye sunna hai ki maine yaha kya kiya aur meri memory me larkiyo ki entry kaise huyi aanand ne kaha maine haa me sar hila diya ok then listen my story ki kaise maine etne mahine gujare aur larki naam ka program kaise mere memory me download huaa.

Mujhe hosh aaye kuchh din ho gaye the but doctor ne abhi mujhe discharge nahi kiya tha poore sar tak books ka dher liye do larke mere room me aaye le padh aur samaj what is girl raghu ne mujhse kaha haa bhai mai bhi lekar aaya hu tumhare liye kuchh mast kitaabe undono ne kitaabo ka dher laga diya maine ek kitaab uthaya use rakha fir doosri uthayi ye sab kya hai maine unse puchha, kitabe hai larkiyo ke baare me bro hum tumhare es poore room ko library bana denge raghu ne stylish andaaj me kaha etni kitaabe khatam kar hum kal fir aayenge maine padna suri kiya vo har din aate kitaabe laate aur mai padta mere poore room ko unhone library bana diya karib mahina bhar ye silsila chala aaj mera last din hai hospital me aur ab mai samaj gaya tumlog jo mujhe samjhana chahte ho maine kaha but aaj rat hum tumhe kuchh practical knowledge denge larkiyo ke bare me raghu ne mujhse kaha "practical" maine muh banate huye puchha yes bro practical raghu ne kaha ok maine kaha tumne abhi sirf theory padha hai bhai tu discharge ho aaj raat uske baad tujhe hum practical. Chup ho gopal, gopal ki baat ko beech me katte huye raghu ne kaha kyuki meri mom ki entry ho chuki thi. Kaise ho beta meri mom ne kaha haa mai thik hu maine kaha ab tabiyat kaisi hai thik hai na, ha maine kaha dekho beta ab college jaoge to waha thik se rahna aur apna dhyan rakhna unhone mere sar par hath ferte huye kaha. Side me meri didi khari thi ekdam silent mode par. Tumlog eska dhyan rakna samjhe meri maa ne mere dosto ko dekhte huye kaha.

Raat ho chuki thi aur hum teeno room me thee bhai ye lo samose aur memory card poora full hai gopal ne raghu ko dekhte huye kaha abe samoshe ke jaisa muh kyu bana raha hai raghu ne gopal se kaha exictment bhai exicitement gopal ne reply diya gopal ne card reader laptop me dala kisi ne darwaza knock kiya ab kaun aa gaya yaar raghu ne kaha umesh bagal ke room ka tha fir uske baad humlog bed par baith gaye fir kisi ne darwaza knock kiya raghu mujhe dekne laga maine fir darwaza khola raghav aditya, kunal, manoj, chandan, ganesh, amar bari-bari se saare larke hamare room me aa aaye tumlog suddenly yaha kyu aaye ho kya baat hai humlog aanand se milne aaye hai hamara dost kitne din ke baad aaya hai kunal ne kaha to mil liya na tumlog ab ja sakte ho raghu ne kaha. Nahi hame pata hai ki tumlog kya kand karne wale ho kunal ne kaha? Kya kand karne wale hai matlab raghu ne kaha tumlog projectar laye ho porn dekne ke liye naughty sa expression dete huye kunal ne kaha tumlogo ne kabhi porn nahi dekha hai kya jo muh utha kar yaha aa gaye hum to aanand ko sex ke baare me gyan denge. So mai ese dikha raha hu sun humlog kabhi projector wala nahi dekhe hai so gyan kam band aur film laga kunal ne kaha. Raghu ne gopal ki taraf dekha bhai galti se muh se nikal gaya tha gopal ne masumiyat se jawab diya saare larke ab raghu ko dekne lage raghu ne projectar fit kiya aur sab larko ki taraf ghum kar khara ho gya suno tum log sab yaha dekne to aaye ho but koi bhi yaha pichkari chhora na to samaj lena raghu ne kaha aur movie start kar di abe gopal saale sound kam kar nahi to principal aakar hamar balatkar kar dega raghu ne kaha chalo dekte hai sabse pahle kiska wicket girta hai yaha raghu ne kaha sabhi log chup chap movie dekhne lage kunal apne saman par apna haath rakne hi jao raha tha ki raghu ne dekh liya haath upar raghu ne chillakar kaha sablog raghu ko hi dekhne lage bhai ab khujli bhi nahi kar sakte hai beta ab khujli aa raha hai tumko gopal ne kaha sabhi larke muskura rahe the hamara samosa khatam ho chuka tha kyuki jisko jo mila usne kha liya dekh aanand yahi asli maza hai ese sex kahte hai raghu ne mujhse kaha ha maine pada tha kitaab me eske baare me you are right bro. Theory se jyada maza to practical me hai maine apni feelings ko sambhalte huye kaha mai aata hu toilet se chandan ne kaha sab uska muh dekhkar hasne lage abe saalo toilet ja raha hu chandan ne bola aur bathroom chala gaya chal dekte hai sala andar kar kya raha hai gopal ne raghu se bola humlog ke bathroom ke uppar charo or gap tha but raghu ne usee mana kar diya.

Agle din canteen me;- 3 coffees Raghu ne waiter ko kaha hum teeno canteen me the raat ko maza aaya tha gopal ne mujhse puchha maine haa me sar hila diya. Waiter ne teen coffees laya aur hamare table par rakh diya yaar raghu bahut din ho gaye college me but meri koi girl friend nahi bani yaar, coffee ka cup uthate huye gopal ne kaha look agar girl frined banana hai to thora bolne ka style skikho thora dressing style sikho mithi-mithi baate karna sikho, raghu ne coffee peete huye kaha mai baitha unlogo ko sun raha tha ek beautiful larki jisne black goggles red t - shirt aur blue color ki lofar jeans pahni thi vo bhi canteen me aayi aur hamare left wali chair par baith gayi. Dekh ese raghu ne mujhe dekhte huye kaha beautiful hai na, mast larki hai yaar gopal ne kaha, jaa esse baat karke aa raghu ne coffee ka taste lete huye kaha. No-no bhai mai esse kya baat karunga gopal ne kaha mai bolunga kya? Gopal pahle hi nervous ho gaya look mai usse baat karke aata hu apni coffee khatam karke raghu ne kaha. Raghu utha aur uske pass gaya aur uske saamne wali chair par baith gaya. Hi raghu ne us larki ne kaha us larki ne apni aankhe mobile se hataya usne raghu ko dekha hi shayad mai tumhe nahi janti hu us larki ke kaha but I know you larki ki aankho me dekhte huye raghu ne kaha really usi style me larki ne puchha kaise, Kaise is not right question right question is that kab se raghu ne bola, kab se larki ne usi question ko repeat kiya buss 2 minute pahle se usne kaha vo larki muskurane lagi. Yes mam waiter ne us larki se bola ek cold coffee usne waiter se kaha aur kya-kya jante ho mere baare me. Yahi ki tum bahut beatutiful ho tumhe cold coffee bahut pasand hai aur tum single ho raghu ne ek smile dete huye kaha. Flirt kar rahe ho mere saath table par coffee ka cup rakhte huye usne bola. Raghu muskurane laga. mam waiter bill pad lekar aaya bill tip ke saath sir de denge usne kaha raghu ne purse se 500 ka note bill paid me rakh diya waiter chala gaya. bolo us larki ne Raghu se kaha ab kay chahiye 10 digit wala magical number raghu ne kaha usse kya hota hai uss larki ne puchha. Lagta hai tum film nahi dekti ho usi number se to kuch-kuch hota hai 825463** aur aage tum pata kar lena uss larki ne bola aur chali gayi raghu use dekhne laga uske jane ke baad wo hamare pass aaya wah bhai kya baat hai tune number bhi leliya gopal ne kaha ab usi table par dusri larki aayi wo bhi beautiful hi thi gopal ab tum jaaoo baat karo usse raghu ne gopal ko kaha mai kya baat karunga pagal ho kya gopal ne kaha kyu larkiyo se baat karne se pahle pagal hona parta hai maine kaha but raghu to normal hai maine dobara kaha. Gopal mujhe dekhne laga look be confident nahi to poore life akele rahoge raghu ne kaha ok mai jaa raha hu but koi garbar huyi to, gopal ne kaha kuchh nahi hoga yaar raghu ne kaha bagal wale chair par baithi larki mobile par kuch search kar rahi thi gopal utha aur uske pass gaya uske saamne wale chair ke pass jakar khara ho gaya larki ne use dekha usne goggles utara kya huaa usne puchha gopal apni lips ko apne honto ke uapr niche kiya aur hamare taraf dekhne laga mera pen kho gaya hai yahi kahi didi gopal ne kaha then us larki ne puchha then use dhundhana hai larki dobara se apni mobile me busy ho gayi gopal table ke nichhe gaya aur apni pen dhundhane laga jo khoya hi nahi tha. Gopal table se bahar aaya mil gayi pen larki ne kaha jee gopal ne jawab diya aur wapas hamare table ke pass aakar baith gaya hum dono usee hi dekne lage yaar etni beautiful thi ki mere muh se koi word nikla hi nahi. Tu ekdam darpok hai raghu ne kaha aanand ab tum jaoo raat ko jo dekha tha vo karne ka man hai ki nahi raghu ne puchha maine haa me sar hila diya aur haa eske jaisa nervous mat ho jana samjhe raghu ne mujhse kaha. No-no mere pass bahut confidence hai maine raghu ko jawab diya. Thik hai wo to abhi malum chalega gopal ne kaha uss larki ka cold drink khatam ho chuka tha jo usne order kiya tha aur abhi bhi wo apne mobile me hi busy thi. Main utha uske pass wali seat par jakar baith gaya excuse me maine us larki se kaha yes usne meri taraf dekhte huye kaha mujhe tumse kuchh baat karna hai maine usse kaha. Ha bolo us larki se bola mere dono haath table par the aur vo mujhe hi dekh rahi thi mai tumhare saath sex karna chahta hu kya tum karna chahogi maine usse bola. What usne thora jor se bola manager usne chillaya manager ko sex nahi karna hai maine khara hote huye kaha tab tak raghu aur gopal hamare table ke pass aa gaye chal yaha se mujhe kichte huye gopal ne kaha. Kya huaa madam manager ne usse puchha ye larka mujhse miss behave kar raha hai us larki ne kaha tumlog bahar niklo yaha se manager ne kaha sorry-sorry eska dimag thora kharab ho gaya hai raghu ne kaha. Bahar chalo aanand raghu ne fir kaha, rooko yaar maine kaha mai kyu bahar niklu one minute mai es larki se kuchh puchhna chahta hu. No-no aap bahar nikaliye manager ne kaha ok puchhne do ese kya puchhna hai us larki ne kaha maine tumhara haath pakra maine usse puchha, nahi usne jawab diya maine tumse jabardasti ki nahi usne fir kaha maine tumhe gali di maine tumhe koi sexual photo dikhaya nahi usne jor se kaha to phir tum aise react kyu kar rahi ho. Kya mai aapke sath sex kar sakta hu ye to tumne kaha na usne mujhse puchha ha maine kaha to ese misbehave hi kahte hai usne mujhse kaha tumlog bahar jaoo nahi to ab mujhe police bulani paregi manager ne kaha. Gusse se vah larki uth kar chali gayi.

Aaj to canteen me bahut bara lafra ho jata bed par baithe huye gopal ne kaha hum teeno apne room me the bro aisa koi larki se baat karta hai raghu ne kaha to kaise baat karta hai maine puchha pyar se baat karo.aur agar mujhe agar sex karna hai to, maine kaha to kya sex ke liye tumhe pyaar karna hi parega koi direct tumhare sath hookup nahi karega 90% larkiyo se pyaar hi karna parta hai samjha. Ab kyu mat puchhna raghu ne kaha matlab pyar karo tabhi sex karne ko milega aur koi dusra rasta nahi hai maine usse puchha. Ei rasta hai red light area waha tum direct sex kar sakte ho raghu ne kaha to Chalo maine kaha mai waha waise kabhi gaya nahi hu but I know. par abhi jane ka man nahi hai, bhai chal na gopal ne kaha tu kyu exicted hai be jane ke liye raghu ne kaha. Mai kabhi gaya nahi hu na isliye..gopal ne bholepan se jawab diya. Ok bro chalo hum teeno jane ke liye ready ho gaye raghu ne bike nikali aur hum teeno nikal gaye red light area ki or. Hamari bike puri speed se chali ja rahi thi par ye kya police ka checking bro raghu na kaha edar-edar lagaoo bike ek mote se police wale ne kaha raghu ne bike side me laga di triple load paper par kuch likte huye police wale ne kaha hum teeno utar kar uske pass gaye bike ka paper ek mote se police wale ne kaha sir nahi hai raghu ne kaha triple load no helmet bike ka paper bhi nahi hai lisence bhi nahi hoga waise jaa kaha rahe ho tumlog muh banate huye us mote police wale ne puchha. Kotha sir jee maine kaha. Kya? police wale ne question mark expressioin ke saath bola kotha sir jee sex karne maine dobara kaha. Pagal hai kya re ek dusre police wale ne kaha gopal aur raghu mujhe hi dekh rahe thee. Ha sir jee thora crack hai ya doctor ke pass hi jaa rahe the humlog ajib behave kar raha tha room me raghu ne kaha thik hai jaldi nikal ese leke dusre police wale ne kaha. Humlog turant bike par baithe aur waha se nikal gaye. Saale kya kya bolne lagta hai kisi ke bhi samne gopal ne mujhse kaha maine kuchh jawab nahi diya use. Humlog apni manjil pahunch gaye raghu ne bike park ki aur hum kotha ke andar gaye maine dekha bahut saari aurate usse bhi jyada make up lagaye waha khari thi enlogo ne etna make up kyu lagaya hai maine raghu se puchha beautiful dikhne ke liye usne jawab diya saari ladies baith kar aapas me mazak kar rahi thi aur larko ko dekhte huye unhe apne or aane ka esara kar rahi thi. Raghu ek aadmi ke pass gaya aur usse kuchh baat ki fir usne mujhe apne pass esara se bulaya mai unke pass gaya vo mujhse larkiyo ke pass le gaya larkiya line se khari thi usne mujhe enme se ek choose karne ko kaha maine ek larki ki taraf esara kiya wo mere saath room me chali gayi humdono ek room me gaye mai jakar bed par baith gaya chalo kapre utaro jaldi usne mujhse kaha. kapre utaro matlab kya pahle kiss nahi karna hai kya? maine kaha jitna rate diya hai utna hi kaam hoga kapre kholo aur suru ho jaoo usne mujhse kaha jitna rate diya hai ka kya matlab tum sex ke liye paise leti ho maine kaha. Ha to kya tujhe free mee karna hai pagal kahi ka pagal jaise baate to tum kar rahi ho sex me to tumko bhi maza aayega to fir tum paise kyu le rahi ho maine kaha karna hai to kar jyada time waste mat kar aur bhi grahak mera wait kar rahe hai us aurat ne kaha mujhe nahi karna hai. Etna bolkar mai room se nikal gaya maza aaya be gopal ne mujhse puchha maja kya tumlogo ne paise diye hai maine puchha to kya tujhe free mee mil jayega. Chal yaha se bahut bekar jagah hai ye saale pagal log sex ke liye paise mangte hai. Fir humlog waha se nikla gaye hum teeno bike par baithe hostel chal diye fir wahi police checking wali jagah aayi mote police wale ne hame roka hum teeno unke pass gaye Doctor ke pass gaye the us police wale ne puchha nahi hamne to aapko pahle hi bataya tha na ki hum kotha ja rahe hai maine kaha. Hmmmm to kya kiya kotha jake police wale ne puchha waha aurate sex karne ka paisa mangti hai boliey to maja to unko bhi aayega to fir mai paise kyu du maine kaha. Wo police wala ek dusre ko dekne laga doctor ne elaj nahi kiya hai ka eska police wale ne kaha unhone AIMS me sift karne ko kaha hai sir raghu ne kaha le jaoo esko jaldi pagal ho gaya hai sala police ne hame kaha fir hum teeno bike par baithe aur wapas hostel chal diye.

Hum teeno canteen me baithe coffee pee rahe thee aise koi sex nahi karega call girl paise legi hi shadi tum abhi kar nahi sakte ho last idea yahi hai raghu ne coffee ka taste lete huye kaha larki patao Raghu ne kaha, matlab maine puchha matlab tumhe sex ke liye kisi se pyaar karna parega gopal ne jawab diya raghu eski baat chhor mujhse tumhe kuchh batana hai gopal ne kaha. Kya? raghu ne puchha mujhe na ek larki bahut pasand hai college me gopal ne thora sharmate huye kaha abe oo saram ka putla kaun hai vo raghu ne puchha. Uska naam neha hai aur raghu tum use jante ho meri setting karwa do na gopal ne raghu se kaha. Look bro pyar kaise kiya jata hai mai tumhe batata hu raghu ne mujhse kaha jyoti raghu ne ek larki ko aawaj dekar bulaya vo larki hamare pass aayi aur table par baith gayi. hi Jyoti raghu ne usse kaha. hum sabhi ne ek dusre ko hi kaha jyoti vo jo tumhari ek friend hai na jiska naam neha hai use mera ek friend like karta hai raghu ne uss larki se kaha. Gopal thora sharma raha tha thora sharmila hai mere dost raghu ne kaha kuchh jyada hi sarmila hai jyoti ne kaha ok chill mai baat karwa dungi by mai chalti hu jyoti ne kaha aur chali gayi. Uske baad hum teeno class khatam karke library gaye kyuki mujhe kuchh books leni thi mai apni book khoj raha tha are yaar wo rahi neha dekh gopal ne kaha. Where bro raghu ne puchha are vo dekho Neha jyoti aur ek larki hai table par baithi huyi hai gopal hame neha ko dikha raha tha. Yes, yes bro dikh gayi mujhko raghu ne kaha ab hum bhi table par baith gaye mere pass ek micro economics ki book thi use lekar hum baith gaye vo dekho jo red t - shirt me hai na wahi neha hai, usi se mujhe pyaar ho gaya hai gopal ne bahut sexy andaz me kaha. Control gopal control raghu ne gopal se kaha ye log continously use dekhe jaa rahe the aur ab larkiya bhi hame dekh rahi the aur smile de rahi thi dekho smile de rahi hai bhai gopal ne kaha iska matlab jyoti ne tumhari setting karwa di hai raghu ki baat sunkar gopal muskurane laga look aanand ese hi line marna kahte hai yahi pyaar ki starting point hai maine koi reaction nahi diya yaar mujhe na pahli hi nazar me usse pyaar ho gaya tha kyuki wo etni beautiful hai na gopal ne kaha humne samne se to dekha hi nahi to fir hame kaise pata chalega ki wo kitni beautiful hai raghu ne kaha, tumlogo ko use samne se dekhna hai to chalo maie dikhata hu gopal ne kaha tripathi library me hi hai jyada over smart mat ban raghu ne gopal ko samjhate huye kaha. I like adventure muskurate huye gopal ne humse kaha aur library ke ek desk ke pass jakar kitaabe dhundhne ka bahana karne laga aur larkiya bhi apne table se uthkar us desk ke hi bagal wale desk se kitaabe select karne lagi ab desk ke edar humlog aur dusri taraf neha khari thi hum dono bhi uske pass chale gaye tiwari sir ne hame dekh ilya aur hamare pass aa gaye gopal ji kitaabe hatakar space bana raha tha taaki humlog neha ko dekh sake sir ne hame chup rahne ka esara kiya aur just gopal ke pichhe khare ho gaye abe saalo edar aake dekh kya mast item hai hole se dekhte huya gopal ne kaha tiwari sar bhi hole ke pass gaye aur dekhne lage gopal ne bina pichhe dekhe tiwari sir ke kandhe par haath rak diya aur bolne laga dekh mast item hai na ye bolte huye vo jaise hi hamari taraf mura tiwari sir ka hasta huaa chehra uske samne tha jise dekhkar gopal ko laga jhatka saare larke larkiya muskurane lage kyuki tiwari sir ke saamne kisi ki hasne ki himmat nahi thi. Gopal hame dekhne laga aap mujhse office me aakar miliye tiwari sir ne gopal aur hum dono ko kaha.

Hum teeno office me the tiwari sir aur kuchh professor wahi baithe the hum teeno waha khare the ekdam silent mode me. Tiwari sir uth kar hamare pass aaye kya kar rahe the library me tum tiwar sir ne gopal se puchha? gopal ne kuchh jawab nahi Diya. Aap hi bolo Mr Raghu sir ne usse puchha sir hum waha kitabe padhne gaye the raghu ne boldly jawab diya. sir mere pass aaye,aap bhi boliye aap waha Kya Kar rahe the sir hum waha gaye the book padhne but hum waha baith Kar line maar rahe the Maine kaha well very good es baar bike semester me ye puchha jayega professor ne haste huye kaha, ye line maarna Kya hota hai Jara describe karo tiwari sir ne kaha, jab ek larka kahi baitha hai aur dusre jagah ek Larki baithi huyi hai vo group me bhi ho sakti hai aur jab vo dono ek dusre ko dekh Kar smile de rahe ho to es process ko line maarna kahte hai. Maine jawab diya. Wah Kya baat hai aur agar udhar se Larki smile na de to twari sir ne ye question puchha to raghu Kya hoga uske baad, maine raghu se puchha, mujhe kya malum raghu ne kaha, aur dono mujhe hi dekh rahe the, tumlog Bahar kya karte ho, hame use koi Matlab nahi hai. Line maro, girlfriend banao Jo chahe karo but class me dicipline maintain karke rakho samjhe, tiwari sir ne kaha, aur samjhe word unhone jor se kaha, hum teeno Bahar nikle gate key Bahar aate hi I like adventure yah kah Kar Raghu hasne laga. One minute bro, mujhe sir see kuchh puchhna hai maine kaha aur wapas office me Gaya sir excuse me maine kaha, saare professor apni kitaab me busy kuchh dhundh rahe the, what tiwari ne mujhe puchha, sir aapne kaha, line maarna topic hamare es semester me puchha jayega but eske baare me hame padhaya nahi Gaya hai. Maine unse puchha out sir ne poore jor se kaha, vo gusse see khare ho gaye get no out unhone for gusse se kaha kyuki Mai Bahar nahi Gaya Tha. Mai wapas chala Gaya.

Meri aankhe khuli Maine dekha gopal mirror ke saamne khara be saj Raha tha. Mai abhi sokar ke bhi nahi. Kya baat hai gopal bahut jaldi ready ho gaye Maine usse puchha esko Milne Jana hai neha se so ready ho Raha hai raghu ne kaha. Jyoti ne meeting fix karwaya hai. Raghu ne kaha red shirt aur rough jeans me gopal ready ho Chuka Tha. Are yaar tu Etna smart hai mujhe maalum hi nahi Tha, shishe me kud ko dekhte huye usne bahut etrate huye kud se kaha, aur apne hi photo ko ek kiss de diya, by guys mai ja rahu hu. Usne hame bola aur chala gaya.karib ek ghante baad vo wapas aaya aur would bahut khush Tha. What's up bro kaisa Raha tumhara "date" Raghu ne gopal se puchha, apne shoes ke fit ko kholte huye usne bolna suru kiya. Maine taxi pakri aur sidha restrorent pahuncha. apni table par baitha uska wait Kar Raha tha. Aapni haatho me rose lekar uski yaado me khoya huaa tha. Jeans aur t-shirt pahni huee jab wo enter ki na to yaar Kya lag rahi thi wo. Usne bola mujhe believe nahi ho Raha uska figure yaar Kya bolu, vo aayi aur mere saamne wali chair par baith gayi. Hi usne kaha aur apna purse table ke ek side me rakh Diya, hello Maine Bhi use bola, kya logi tum maine usse puchha only one cold coffee and nothing aur tum neha ne bola. Ek kiss dogi kya maine aisa nahi bola gopal ne haste huye hame bataya mai bhi ek cold coffee hi lunga. 2 cold coffee maine waiter se kaha. Sure sir ye bolkar waiter chala gaya. To tumhara naam gopal hai usne mujhse bola haa meri maa ne rakha tha maine kaha maine usse kaha ok usne kaha jyoti ne mujhe kaha ki tum mujhe like karte ho so mai tumse milne aayi hu neha ne kaha hatt pagli mai to sirf tumko lena chahta hu aise maine nahi bola kyuki mai aanand nahi hu gopal ne muh banate huye humse kaha mai tumhe ek baat batana chahti hu ki mere ek boy friend tha but mahino pahle mera usse breakup ho gaya tha hamari coffee aayi. Waiter ne dono coffee rakh diye aur chala gaya tumhari koi girl friend nahi thi neha ne mujhse puchha nahi meri koi gf nahi hai tum hi pahli ho maine kaha maine abhi haa nahi kaha hai usne coffee peete huye kaha mere bagal wale chair par baithe do larke hasne lage maine uske taraf dekha aur man hi mann use gali di meri etni hi aukat the mere kahne ka wo matlab nahi tha maine thore nervous hote huye bola to kya matlab tha usne puchha kuchh nahi maine kaha wo hasne lagi kya huaa maine bola kuchh nahi mai bus tumhari thori khickayi kar rahi thi sorry, neha ne kaha. Maine bhi jawab me muskura diya well tum bataoo apne baare me kuchh, mai cricket khelta hu maine bola mujhe kuchh samaj hi nahi aa raha tha ki mai kya bolu ooo isliye tumhe yaha admission mila hai na neha ne kaha, haa maine reply diya hamari coffee khatam ho gayi. Ok, by tumse milke mujhe bahut sweet laga neha ne kaha. Maine kuchh jawab nahi diya vo uthakar jane lagi suno maine kaha wo palti kya usne kaha tume what's aap chalati ho maine usse puchha, kyu usne bola, wo jyada net nahi chalana chahiye exam me kam number aate hai meri maa bolti hai ye bolkar wo hasne lagi.number chahiye usne bola. Mere chehre par halki hasi aa gayi mere bagal me baithe wo dono larke jo muskura rahe the meri insult pe mai ab uske taraf dekkar hasne laga muh bana-bana kar, mai tumhe call karungi neha ne kaha aur chali gayi. Fir waiter aaya aur usne muijhe bill paid diya aur maine khusi se usko ek rupaye ka bhi tip nahi diya kyuki humlog khandani kanjus hai gopal ne apni date ki story hame sunayi. Bhai tumhe kya lagta hai wo mujhe call karegi gopal ne kaha, jab boli hai to jarur hi karegi maine usse kaha karib teen mahine laga gopal ko use patane me aur wo every night uske sath mobile par laga huaa rahta tha. Bhai class chalna hai maine gopal se puchha nahi mai ghumne ja raha hu gopal ne jutee ke feete ko bandhte huye jawab diya. Hamara exam bahut najdik aa chuka tha raghu to kabhi padta hi nahi tha kyuki wo paida hi einstein huaa tha aur gopal bhi aaj kal einstein baan chuka tha jab se usko neha mili thi. Mai class attend karke wapas ghar aaya. Suno na baby ek kiss nahi dogi gopal ne kaha aur uske bagal me baitha raghu use inspire kar raha tha subah diya tha na neha ne kaha baby vo to nasta tha mujhe ab lunch karne ka mann hai lunch to hotel me hota hai na neha ne kaha. Haa to tum bolo na kaun sa hotel aana hai gopal ne kaha tum jaha bolo neha ne reply diya raghu gopal ko inspire kare hi ja raha tha well lunch ke liye hotel ka jugar ho gaya hai tum ready to ho jaan gopal ne kaha well kal mai morning me 11:00 baje ready hu tum address message kar dena by love you neha ne kaha aur phone cut kar diya. Gopal bahut happy dikh raha tha, bahut happy dikh raha hai bhai aaj to party banti hai raghu ne kaha abhi tak to maine kuch kiya bhi nahi hai gopal ne kaha, kal to hoga na raghu ne kaha thik hai party sirf bear ki hogi kyuki mere pass paise nahi hai gopal ne kaha bear me kya maza hai wisky ki party hogi to bolo raghu ne bola yaar utne paise nahi hai mere pass koi baat nahi apne dosh ke liye meri taraf se party raghu ne kaha. Us raat raghu ne ek chhoti si party di hamare kuchh dost uss room party me aaye mauj-masti ki, wisky pee aur sabhi apne ghar chale gaye. Next morning hum sabne class bunk mar diya aur hum sab uske sath hotel jane ke liye ready ho gaye gopal kuchh jyada hi happy tha hum teeno beaty pearl naam ke ek hotel pahunche naam se to mujhe lag raha tha ki bahut costly hotel hoga but jab mai waha pahuncha to dekha ki ye to ekdam chhota sa hotel tha jisme shayad jyada yahi kaam hota tha. Ye kaun sa hotel me aa gaye ho maine gopal se puchha mere pass etna hi budget tha gopal ne kaha gopal ka phone bajne laga. Hello neha tum kaha ho gopal ne puchha mai beauty pearl hotel ke pass khari hu, ok mai aa raha hu, suno tumlog, usne mujhse kaha tha mai akele yaha aaunga so tumlog magzine se apna muh dhak lena samjhe gopal ne bola aur vo chala gaye. Maine magznie se apna muh dhak liya matlab use padhna laga aanand bro tum magazine padho mai aata hu saving karwa ke raghu ne bola aur vo chala gaya mai magzine padh raha tha. Utne hi der me neha gopal ke sath hotel me aaya receptionst se usne chabhi li aur room ki or chala gaya. Mai vahi baitha magazine padh raha tha ek old man mere bagal me aakar baith gaya kya padh rahe ho beta? usne mujhse puchha magazine dikhate huye maine usse kaha unhone jawab mee muskura diya. Ek larki aayi hamare hall me us place me jharu lagane ke liye wo jhuk kar jharu lagane lagi vo jhuk kar jharu laga rahi thi aur bhudha aadmi uske figure ko dekne ki koshish karne laga. Waha 2 - 3 log aur baithe huye thee sabne magazine utha li aur vo log magazine se jhak-jhak kar dekh rahe the. Jo old man meri bagal me baitha tha usne meri taraf dekha uss waqt mai bhi uske taraf hi dekh raha tha hamare nazre mili to vo muskurane laga maine bhi jawab me muskura diya sab magzine padh rahe the aur chupke-chupke use dekh raha tha. Kya chacha magazine to sidhe kar lijiye pichhe se raghu ne aate huye kaha budha bechara thora harbara gaya sabhi baithe log use hi dekne laga jaise sare ke sare ekdam sarif ho bechara budha waha se uthkar chala gaya aur phir jharu marne wali bhi chali gayi. raghu mere side wali seat par baith gaya jharu marne wali ke jane ke baad sabka magazine padhna band ho gaya. Gopal aaya tha raghu ne mujhse puchha ha vo upar room me gaya hai maine jawab diya. Receptionist wala banda thora harbaraya huaa mere pass aaya yaha police aane wali hai jaldi yaha se niklo usne humse aur hamare aas-pass baithe sare logo se kaha hum sab uth ke harbarate huye uske pichhe jane lage wo pichhe ke gate se hame Bahar nikalne laga. Gopal kaha hai raghu ne us receptionist se puchha apni fikr karo na kaun kaha hai choro tab tak gopal bhi waha aa gaya hum hotel ke main gate ke pass pahunch gaye the neha kaha hai be maine puchha use maine taxi me baitha diya hai gopal ne garv se kaha aur raghu waha khari kisi larki ko dhyan se dekhne laga, us larki ka duppata khul gaya tha aur vo use bandh rahi thi. Bhai chal gopal ne kaha hum turant taxi me pahunche aur waha se chal diye raghu raaste bhar sant raha hum hostel pahunche gopal ne taxi wale ko paisa diya raghu ne bike nikali aur kahi jane laga. Raghu kaha jaa raha hai maine puchha? Usne kuchh jawab nahi diya aur bike start karke chala gaya ese kya ho gaya hai maine bola yaad hai jise raghu dekh raha tha jab hum gate ke pass khare the hotel mee jate waqt gopal ne kaha, haa to maine puchha vo raghu ki chhoti bahan hai jo abhi school me padhti hai. Gopal ka phone bajne laga lagta hai neha ka call hai usne meri taraf dekte huye kaha. Hello baby mujhe ekdam malum nahi tha ki waha kuchh aise hoga sorry gopal usse manate huye waha se chala gaya. Ab mai waha akela bach gaya mai direct room me chala gaya.agle din room me; etni bear ki bottle kaun laya hai gopal ne mujhse puchha maine laya hai maine kaha kyu, gopal ne puchha ek surprise hai chhoti si party hai maine kaha uske kuchh der baad door bell baji gopal ne darwaza khola aman aaya tha dhire-dhire room larko se bhar gaya. Kya baat hai aanand party kis khushi me, aman ne puchha ye party raghu ke liye hai maine kaha raghu ke liye tu kyu party de raha hai aur aisa kya huaa hai raghu ke sath murge ki tang ko muh me dabate huye gopal ne kaha use aane do then mai tumhe bataunga tab tab hum party enjoy karte hai aanand ne kaha kya baat hai us din gopal ne party diya aur aaj tum party de rahe ho aise har din party mile to maza hi aajayega sabne ek-ek bear ki bottle utha li aur murge ki tang bhi, lagta hai aaj kuchh jyada hi khusi ki baat hai bear ka maza lete huye aman ne bola. Door bell baji lagta hai raghu aa gaya aman ne darwaza khola kya yaar raghu etni der kardi aman ne kaha raghu hame dekh kar shock ho gaya tha. Ye sab kya hai aanand ne hame party di hai raghu aman ne nashe me jhumte huye kaha bechare ko ek bottle me hi nasha aa jata tha. Aanand ab to bolo aakhir party kis khusi me di tumne, yaad karo kal raat gopal ne party di thi kyu? Maine puchha kyuki vo pahli baar kisi larki ke sath sex karne wala tha aman ne kaha vo party gopal ne nahi di thi, Raghu ne di thi apne dost ke liye, maine kaha vah raghu kya baat hai kunal ne kaha are oo suspense ke aulad. Tune party kyu diya ye to bata aman ne mujhse puchha jab gopal ne sex kiya to raghu ne party di so kal hotel me jab raghu ki bahan sex karne gayi thi to maine socha ki mai bhi eske liye party de du. To kaise laga mera surprise apne haato ko failakar khushi se maine kaha. Meri baate sunkar sabhi larke khare ho gaye sab mujhe dekhne lage raghu ne gusse se mujhe ek thappar mara sabhi larke ne bear ki bottle rakh diya aur murge ki tango ko bhi rakh diya sab dhire-dhire room se nikalne lage aman darwaje ke pass jakar rook gaya aur vo phir wapas aaya bhai tu jhuti bear ki bottle ka kya karega ye bolkar usne bottle uthaya aur wapas chala gaya. Agli subah ; raghu ne apni aanke kholi vo uthne laga but uth nahi pa raha tha mai uske bed ke saamne ek chair laga kar baith gaya aur uske uthne ka wait kar raha tha abe pagal ho gaya hai kya tumne mujhe kya bandh diya are gopal ko bhi bandh diya hai raghu ne kaha. Gopal uth raghu ne chillakar kaha gopal uth gaya kya huaa yaar gopal ne kaha usne bhi utne ki kosis ki but uth nahi paya tumne mujhe kal kyu mara maine raghu se puchha tumne baat hi aisi ki thi gopal ne kaha maine tumse puchha maine gopal se kaha sorry gopal ne sar neeche karte huya kaha gopal ne kal sex kiya to party aur teri bahan ne kiya to maine bhi di party matlab tum kiss lo to maza aur tumhari bahan le to saja aisa kyu? Mujhe laga maine party di hai to raghu happy hoga upar se tumne mujhe ek thappar maar diya maine kaha aur darwaje ke taraf jane laga are yaar hame khol to do gopal ne kaha hollywood ki filme dekhte ho na khud hi khol lena ab hum college me milte hai maine bola aur mai college chala gaya.

Mai apni seat par baitha huaa tha kuchh der baad raghu aur gopal bhi class aa hi gaye aur dono mere agal bagal baith gaye. Sorry bro kal ke liye raghu ne mujhse kaha maine kuchh jawab nahi diya otherwise aaj hamare college me ek practical test ka exam rakha gaya tha exam aisa honewala tha ki hamare college me kuchh MBA ke student bulaye gaye the ve log hame apne product ke bare me batayenge aur apna product sell karne ki kosis karenge aur hame unse questions puchhne hai unke product ke bare me hamare best sawal se hi hame number milenge tiwari sir bhi wahi baithe huye the. 3 - 4 larke aur larkiya hamare class ke andar aaye aur unhone apne beauty products ko table par rakh diya saare students silent ho gaye hum sabhi unhe hi dekh rahe the unme se ek larki ne bolna suru kiya hello friends mera naam asha hai mai IIM Kolkata ki student hu mai abhi aapko ek product dikhane wali hu usne product uthaya, ye ek beauty product hai jise use karke aap ekdam beautiful ho jayenge asha ne us product ki thori Geography batayi esme kisi bhi type ke cemical ka use nahi kiya gaya hai ekdam natural cream hai us larki ne ek sans me bol diya. But hum eska use kyu kare aise bahut saare product market me hai ek chasmis larke ne kaha, sir aap ek baar use to kariye to aapko pata chalega jab aapke dost aapko bolege yaar tum to bahut gore aur beautiful ho gaye ho. Asha ne jawab diya ek smily ke saath aur uski smily ke samne uss chasmis larke ka sara economics fail ho gaya tiwari sir baithe huye sab kuchh sun rahe thee maine hath khara kiya yes usne bola gora hone se kya hum 10 minute jyada sex karenge mere sawal puchhte hi sab meri taraf dekhne lage ye kaise bakwas sawal hai asha ne kaha. Tum bol rahi ho hame gora hona chahiye hum gora kyu bane yahi to sawal hai hum jo har din etna paisa gora hanne me kharch karte hai agar utna paisa hum beautiful insan hanne me kharch kare na to poori duniya hi beautiful ho jayegi samjhi Mrs IIM maine kaha. Sabhi logo ne mere liye taliya bajayi asha mujhe dekhne lagi mai janta tha chup to wo rahegi nahi kyuki larki jo IIM ki hai tum jaise larko ka bhasan mai sun chuki hu bhasan to sab dete hai but jab shadi ki baat aati hai na to sabko gori chamri hi chahiye samjhe ye cream un jaiso logo ke liye hai us larki ne kaha aur ha tumlog aurato ke paida hote ho ye achhi baat hai agar aasman se tapakte na to har aadmi apni maa choose karta jaise aaj bibi aur girl friend choose karte ho to har crorepati aadmi ki maa ek gori aur beautiful larki hoti samjhe aur waise bhi sabke apne-apne requirement hote hai ab poori class ne uske liye taaliya bajayi ye bolkar wo class se chali gayi.

Hum sab larke class khatam hone ke baad college ke campus me chale gaye aur aapas me baate karne lage tabhi ek aadmi hamare pass aaya aur usne puchha aanand kaun hai mai hu maine kaha chalo mere sath us aadmi ne kaha. Tum kaun ho raghu ne puchha usne apna id card dikhate huye bol delhi police hum teeno ek-dusre ka muh dekhne lage lekin maine kiya kya hai maine puchha beauty pearl hotel me tumlog kal din me gaye the vahi par tumhara id card mila hai police wale ne kaha, Mai unke sath police station chala gaya mai jail me baitha huaa tha raghu aur gopal aaye dono police inspector ke samne lagi chair par baith gaye sir humlog aanand ke dost hai es par aapne charge kya lagaya hai raghu ne puchha sex racket pakraya tha waha us hotel me eska id card mila tha vo waha kya karne gaya tha police wala bola sir uski mental condition thik nahi hai raghu ne kaha to bahar kyu chhora hai police wale ne kaha sir kuchh le de ke baat ban sakti hai raghu ne dobara kaha wah ek dost hame law sikhata hai aanand ke taraf esara karte huye usne bola aur doosra hame ghus deta hai raghu ki taraf dekhkar police wale ne kaha matlab sir hum samjhe nahi gopal ne kaha matlab kal court aana aur wahi se bail karwa lena samjhe police wale ne kaha vo dono uth kar mere pass aaye tune police se bahas kiya kya raghu ne puchha maine to sirf unhe sahi bate bataya hai maine kaha bro tujhe kal court me pesh hona parega kuch samaj rahe ho tum raghu ne mujse kaha fir vo dono waha se chale gaye. Maine poori raat jail me gujari agli subah police mujhe court le gayi court me raghu aur gopal dono the raghu ne apne sath mere liye ek wakil bhi laya tha jo uske dad ke bahut achche dost the ye baat usne mujhe baad me batayi thi judge sahab aaye sabhi log uske respect me khare ho gaye. Pahla number hamare case ka hi tha judge sahab ne hamara case suru karne ka order diya. Your owner es waqt jo larka aapke saamne khara hai eska naam aanand hai aur ye ek college student hai aaj se 2 din pahle police ne blue pearl hotel me ek sex racket pakra tha us din ye bhagne me kaamyab ho gaya tha but eska ID waha gir gaya tha ye larka bhi us din wahi par tha etna kahkar vo chup chap baith gaya court ka time bachate huye mai aapse sirft etna hi puchhna chahta hu kya aap waha maujood the aur kisi bhi tarah sex racket se jure huye the judge ne mujhse sawal puchha mai kisi bhi tarah ke sex racket me shamil nahi tha maine kaha hamara coversation etna serious ho gaya tha ki poora court ka mahaul silent mode par tha aur sab hamari baate dhyan se sun rahe the to aap waha nahi the judge ne puchha, ha mai waha tha sarkari lawyer thora muskuraya kyuki mera dost gaya tha maine kaha tum sex racket me shamil nahi the but apne dost ke sath tum waha gaye the tumhara dost waha kya karne gaya tha judge ne mujhse puchha mai sochne laga bolo judge ne kaha mera dost waha kya karne gaya tha wo mujhe yaad nahi aa raha hai kya mai aapko practically bolu wo waha kya karne gaya tha maine judge se puchha yes bolo mai katghare se nichhe utra usne apne haatho ko aage kiya aur apne back ko pichhe karke sex ke jaise aage pichhe karne laga aur vo muh se aah ooh yes yes aawaj nikalkar judge ke samne poora practical scene dikha diya sabhi log hasne lage what is this judge ne gusse me puchha yahi karne wo gaya tha maine bholepan se jawab diya matlab sex karne gaya tha what is this judge sahab ne gusse me pucha, mai wapas katghare me jakar khara ho gaya tumhe malum hona chahiye es taraf sex karna illegal hai esse society ka mahaul bigarta hai judge sahab ne kaha. Kaise sir maine pucha paise lekar sex karna galat hai esse society ka mahaul bigarta hai. judge sahab ne kaha but sir aapka law thora adhura hai. Tum kahna kya chahte ho judge sahab ne kaha agar koi paise dekar ya lekar sex karta hai to galat. Aur koi larka aur larki pyar karke sex karte hai aur shadi nahi karte hai vo bhi to galat hai vaha log paise lekar ya dekar sex kar rahe hai yaha log pyaar lekar ya dekar sex kar rahe hai agar un logo ko aap randa ya randi kahte hai to phir ye log kya Hai sir, jo log pyaar karke shaadi na kare un larko aur larkiyo ko bhi to saja milna chahiye maine ek lamba bhasan diya judge muskurane lage aur mere lawyer ne tali mari kyuki sabhi logo ko ye baat samaj nahi aayi enke lawyer ko kuchh kahna hai judge sahab ne kaha my lord mai sirf corat me ek gawah pesh karna chahunga mere lawyer ne kaha, proceed judge ne kaha, mai doctor malhotra se kuchh sawal puchhna chahta hu proceed judge sahab ne kaha doctor malhotra jisne mera treatment kiya tha wo mere saamne wale katghare me aaye, doctor sahab mai aapse aanand ke bare me kuchh janna chahta hu mere lawyer ne doctor se puchha sir kuchh mahine pahle enka accident huaa tha uss waqt se hi mai enka treatment kar raha hu enke sir par ek gahri chhot lagi thi aur fir unhone poori story judge sahab ko sunayi sir ye hai eski report doctor ne lawyer ko report di lawyer ne wo report judge sahab ko di judge ne 1 minute paper padha according this report es larke ka mental situation thik nahi hai aur abhi teatment chal hi raha hai so court inhe riha karti hai aur inpar kisi bhi prakar ka case na chalne ka order deti hai judge ne bola aur hamara case ka the end ho gaya. Vo police wale mujhe ghur kar dekh raha tha kyuki yahi lecture maine use bhi sunaya tha mai raghu aur gopal ke pass gaya, mai kabhi koi case hara hu kya tumko to pata hi hoga apne dady se puchna apni files ko pakre huye lawyer sahab ne kaha thanks uncle jee raghu ne lawyer se kaha, logo ka dil tutta hai to log devdas ho jate hai eska dil tuta to ye socrates ho gaya lawyer ne kaha are yaar ye socrates kya hota hai raghu ne puchha sukrat (Socrate) bahut bare philosopher the maine kaha hum teeno direct hostel gaye.

Poore one month tak hum teeno apne exams me lag gaya matlab humlog padne lage kya baat hai raghu tumbhi padhayi kar rahe ho maine kaha last semestar hai to socha thora padh lu raghu ne jawab diya aaj kal gopal bhi neha se baat nahi kar raha hai maine gopal se puchha mera usse breakup ho gaya hai gopal ne kaha. Kaise maine puchha are yaar gopal use pyaar nahi karta tha vo bus time pass thi raghu ne kaha aur breakup kaise kiya tune are bahana hai apne pass bahut saare hai, raghu ne mujhse fir kaha. Kise ne door bell bajayi maine darwaza khola pooja aayi thi ya gopal ki bachpan ki dost thi. Jo kabhi-kabhi gopal se milne aaya karti thi pooja englih honours ki student thi aur gopal ka english bahut bekar tha pooja ke aate hi gopal ka latka muh khil gaya. Gopal uske sath bahar chala gaya tumne ek baat notice ki hai maine raghu se puchha kya raghu ne kaha gopal na pooja se pyaar karta hai ha mujhe bhi lagta hai raghu ne meri baat ka jawab diya. Jab bhi pooja esse milne aati hai na ye khush ho jata hai saale ne hame kabhi bataya hi nahi raghu ne kaha use khud bhi pata hoga tab na maine kaha. To chalo use bata dete hai raghu ne kaha batane se kuchh nahi hoga use feel karwana parega maine kaha. Agli subha exam ke baad pooja canteen me baithi thi mai uske pass gaya aur uske samne wale table par baith gaya hi pooja maine kaha hi exam to khatam ho gaya ab aage kya erada hai maine usse puchha? Kuchh special nahi ghar jaungi fir job karungi 1 mahine baad mera ek interview hai well ek baat bataoo maine pooja se bola. Kya? usne bola tumhara koi boyfrined ya lover hai no but why pooja ne kaha ek larka hai jo tumhe pyaar karta hai maine kaha kaun hai wo pooja ne ek smile dete huye puchha, Gopal, maine kaha kya! Shock hote huye pooja ne puchha to ye baat usne tumhe batayi nahi mujhe pata chal gaya tumhe kaisa pata chala ki wo mujhe pyaar karta hai pooja ne bola. Agar tumhe believe nahi ho raha hai to uska taste le lo topper to tum ho hi maine kaha aur waha se chala gaya mere room pahunche se pahle pooja waha pahunch chuki thi room in karte hi maine pooja ko dekha. Hi aanand pooja ne kaha raghu aur gopla ne bhi ek look meri taraf dekha well tum kuchh batane wali thi raghu ne kaha meri shadi hone wali hai pooja ne kaha ye line sunte hi gopal ke face ka expression change ho gaya raghu ne gopal ki taraf esara karte huye meri taraf dekha pooja tum suddenly shadi kar rahi ho gopal ne bahut politely puchha are mai usse pyaar karti hu aur abhi maine maa-papa ko bataya bhi nahi hai isliye tumlog bhi mere sath mere ghar chalo mujhe support karne pooja ne kaha. Means tumhare village chalna hai raghu ne kaha ha kal morning sab ready rahna pooja ne kaha aur chali gayi gopal ka test suru ho chuka tha agle din hum sab station par pahunch gaye hamari train bhi aa chuki thi hum sab apni seat par baith gaye. You know guys mai pahli baar village ja raha hu raghu ne kaha mera to poora life gaoo me hi bita hai gopal ne kaha tumlog ke liye surprise abhi baki hai pooja ne kaha. Just then hamari coach me ek larka aaya aur usne hum sabhi ko hi kaha hum sab usko dekhne lage friends meet my lover Mr. Aditya pooja ne kaha hum sabne usse hath milaya gopal iske pass ticket nahi hai tum apni seat par esko adjust kar lo ok pooja ne bahut pyaar se kaha aur TT ko hum adjust kar lenge raghu ne haste huye kaha hello gopal aditya ne kaha aur gopal ki seat par jakar baith gaya bro tumhe koi problem to nahi hai na aditya ne kaha nahi yaar kaisi baat karte ho mujhe kya problem hogi gopal ne kaha. Ek baat puchhu gopal ne kaha yes bro tumhari pooja se friendship kaise huyi gopal ne aditya se puchha humlog face book par mile the vo ek hasin raath thi buss hamari baate hone lagi aur ek din chandani raat ko maine pooja ko propose kar diya aur usne bhi haa kar di Aditya ne use apni love story sunayi mujhe nahi pata tha pooja etni aasani se kisi se pat jayegi gopal ne mann me kaha etni beautiful love story sunn kar tumhe kaisa lag raha hai aditya ne puchha gopal ne use upar wali seat se dhakel diya wo dono upar hi baithe thee, aisa laga mujhe gopal ne kaha hum sab uth kar dekhne lage.but ye gopal ne apne mann me hi socha very nice gopal ne kaha sab koi so gaye agle din hamari train jharkhand ke ek gaoo pahunch chuki thi hamne ek temop (taxi) book ki yaha sab koi tempo hi bolte thee. Fir hum gopal ke gaoon pahunche hum sab gopal ke ghar gaye aur pooja apne ghar gayi jo gopal ke ghar ke bagal me hi tha gopal ka ghar bara tha 8 rooms the aur gaoo ke hisab se to ghar bahut hi sundar tha hum teeno ek room me gaye. Tu to hamesha bolta tha mera baap jyada amir nahi hai buit ghar to tumhara bahut hi beautiful banaya huaa hai Maine kaha. Hamara poora khandan yahi rahta hai gopal ne kaha chalo mai tumhe apna gaoo ghumata hu fresh hone ke baad hum charo ghumne nikle bare-bare khet aur per charo or sirf wahi dikh rahe the hum teeno ek khet me pahunche poora khet sarso ki kheti se lahra raha tha then bro kabhi kheto me kaand kiyo ho ki nahi raghu ne muskurate huye bola nahi kand matlab maine puchha, matlab sex gopal ne kaha, tab tak waha kuchh larke pahunch chuke the ve log gopal ke bachpan ke dost the gopal ne unse hamara parichay karwaya ek larke ke haatho me bat tha us larke ka naam hariya tha tumlog cricket khelna chahoge hariya ne humse puchha ha kyu nahi maine kaha hame bhi dekhna hai gopal kitna achcha khelta hai raghu ne kaha. Wicket laga diya gaya hamare taraf se 6 players aur unke taraf se 6 players khel rahe the main aur gopal ek hi team me tha aur dusri team me raghu aur gopal ka dusman aditya khel raha tha. Toss huaa raghu ki team jeet gayi hariya hame game ka niyam batane laga. Dono team ke player fielding karenge aur usne hame six aur four ke boundreis bhi bata diye raghu ki team toss jeeti thi so raghu aur gaoo ka ek larka strike par utra hariya hamari team me tha gopal wicket ke pichhe khara tha hariya ke hath me ball thi poori teji se dourate huye hariya ne pahle baal feka raghu ne ghuma ke apna bat ball pe de mara ball teji se off side ki or chala gaya waha se kuchh school ki larkiya school jaa rahi thi jo larka waha khara fielding kar raha tha vo larkiyo ko dekh raha tha jiske karan usne ball miss kar diya. Ball direct boundry ke paar ho gayi. Mausiya ko dekh raha BC hariya ne black t - shirt pahne uss lakre ke kaha jisse karan hame 4 run mile raghu ki team ne paari ki suruwat chouke se ki uske baad dusra banda aaya pahle over me hamare total 12 run bane usi larke ke doosri baal par raghu ne ek sixer lagaya. Teri maa ka kitna lamba mara hai meri bagal me khara larke ne kaha raghu ka sixer sarso ke khet me gira mai daurkar andar gaya kyuki meri fielding wahi lagi thi mujhe ball mil gayi maine ball uthaya aur wapas ja hi Raha tha ki maine dekha sarso ka fool upar se hil raha tha mai gaya waha dekhne to ek larka aur larki busy the apne kisses me maine chup chap ball uthaya aur chala aaya gopal meri team me tha vo ek all-rounder tha raghu ki team ke 50 run poore ho chuke thee hariya. Poori tension me tha but 3 wicket bhi gir chuke the hariya ek fast bowler tha apni poori takat se usne ball feka raghu ne ek short mara ball upar lahrate huye boundry ke bahar jane lagi us black t - shirt wale larke ke pass fir se catch aaya but es baar usne catch le liya saare larko ka najar us par hi tha sabhi log khushi se thora dance karne lage raghu ki team ne total 50 run banayee ab hamari bating aayi gopal strike par aaya aur uske sath tha hariya pahli ball ka welcome gopal ne ek sixer se kiya aaditya ki fielding wicket ke off side ke aage lagi thi gopal ne dusre ball pe khick ke ek short mara vo shidhe aditya ke kano se nikal kar chauka chali gayi aur aditya ko chot lagne se bach gaya. gopal shayad use jaanbuchkar ball se maarna chahta tha so raghu ne use wicket keeper ke side me khara kar diya hame aaj pata chala gopal really me ek best cricketer tha aage. Pichhe charo or ball ko bhej chuka tha raghu ke haatho me ball thi raghu ne pahli ball feki gopal ne apne bat ko reverse ghumaya aur ek short khick ke mara shidhe jakar ball aditya ke aankho me lagi gopal ka mission successful raha usne jitne ke liye sirf 9 run hi baaki the but hum sab aditya ke pass gaya aur use hospital le gaye.

Sham ka time tha humlog gopal ke ghar ke aangan me baithe huye the pooja ye larki kaun hai mai subah se ese dekh raha hu kam hi kiye ja rahi hai subah cricket khelne gaya tha us waqt bhi jab mai wapas aaya us waqt bhi abhi bhi kam hi kar rahi hai maine pooja se puchha. Gopal ke ghar ke saamne ek ghar tha chota sa 2 room ka jiske baare me maine puchha wo esi ghar me kaam kar rahi thi are uska naam falguni hai chalo usse tumko milwati hu pooja ne hame kaha hum sab falguni se milne gaye darwaze par khare hokar pooja ne uska naam pukara falguni bahar aayi apni sari ko sambhalte huye ek dubli patli si aurat thi didi namaste muskurate huye usne kaha fir usne hame bhi namaste kiya hum sab ne bhi use namaste kiya aur uske ghar ke andar gaye hum sab uske bed par baith gaye bed ke saamne hi unka kitchen tha didi tum to officer jaisi lagne lagi ho dekhne me muskurate huye usne bola. Majak uraa rahi ho mera pooja ne haste huye kaha nahi didi sach bol rahi hu bank me officer banne hi wali hay ye gopal ne kaha didi tum baitho mai chay banati hu falguni ne kaha, suno chay coffee mat banaoo humlog movie dekne jane wale hai 1 ghante me humlog yaha se niklenge tum bhi chalogi pooja ne kaha. Nahi didi bahut kaam hai falguni ne kaha pooja ka mobile bajne laga isliye tumhe 1 ghante ka time de rahi hu kam khatm karke ready rahna pooja ne use order dete huye kaha aur fir hum waha se nikal gaye aur gopal ke ghar gaye waha uski maa ne hum sabhi logo ke liye kheer banaya tha hum sab waha baith gaye pooja hamare sath nahi aaee thi wo apne ghar chali gayi thi gopal ki maa ne sabko kheer diya. Suna hai tumlog film dekne jaa rahe ho gopal ke papa ne kaha, jee uncle ji kheer khate huye raghu ne kaha kheer bahut tasty bana hai maa gopal ne kaha really aunty tasty hai maine aur raghu ne bhi kaha. Gopal ke maa ne ek smile diya tumlog film dekhkar ghar jaldi aa jana abhi 1 mahine pahle hi hall ke samne ek kand huaa tha gopal ke papa ne kaha kand se yaad aaya aaj jab mai khel raha tha tab sarso ke khet me bhi dekha tha maine kaha, kya dekha tha beta gopal ke papa ne kaha raghu, Gopal ka muh dekhne laga. Aanand control gopal ne kaha uncle ji kya kand huaa tha Raghu ne puchha ek larki ka bag khich kar bhag gaye the gopal ke papa ne kaha kand ka matlab to gopal ne mujhe kuchh aur hi bataya tha wahi maine khet me bhi dekha tha maine kaha tumne khet me kya dekha tha gopal ke papa ne phir puchha uska naam to uncle mujhe yaad nahi aa raha hai practical karke batauoo kya maine kaha nahi aanand nahi raghu ne kaha waise bhi hum bahut late ho chuke hai hame chalna chahiye raghu ne kaha ha ha raghu sahi kah raha hai bolkar raghu aur gopal mujhe khich kar waha se bahar le aaye humne pooja ko receive kiya aur falguni ke ghar pahunch gaye are wah falguni tum to bahut beautiful lag rahi ho pooja ne kaha mujhe to samaj nahi aa raha hai ki hum cinema dekne ja rahe hai ya falguni ko dekhne gopal ne kaha are aap log bhi na sharmate huye falguni ne kaha hum sab tempo me baith gaye aur falguni ne apni beti ki pooja ke ghar par uski maa ko de diya falguni ki ek 1 saal ki beti thi aaditya hamare sath nahi aaya tha kyuki uski aankh me choot lag gayi thi aur wo aaram kar raha tha hum sab chup thee but falguni pooja se uske dresh ke baare me baate kar rahi thi jo falguni ko bahut hi achcha lag raha tha gopal lagatar pooja ko dekh raha tha aur tempo wale ne ek kumar sanu ka song chala rakha tha aur hum dono gopal ko dekh rahe thee hum cinema hall pahunche koi action bhojpuri film lagi huyi the falguni bahut hi jyada exicted lag rahi thi falguni tum bahut excited lar rahi ho maine falguni se kaha ha mai bahut din baad na film dekne aayi hu falguni ne muskurate huye kaha hum sab apne apne seat par baith gaye film suru huyi sabhi logo ne seeti markar aur halla karke actor ka welcome kiya jab film me usne ek dhamakedar fight scene se entry li falguni ne bhi dono ungliyo ko muh me dalkar seeti mari mai to falguni ko dekta hi rah gaya film khatam huyi hum sab bahar aaye aur hum sab ek chote se hotel me gaye falguni samose ko bahut dhyan se dekh rahi thi chalo samose khate hai maine kaha falguni tum kya khaoogi pooja ne puchha kuch bhi nahi di late ho raha hai chalo ghar chalte hai falguni ne kaha are mere taraf se party hai sarmaoo mat pooja ne kaha hamne 2 - 2 samose khaye but raghu aur gopal ne 6 - 6 samose kha liye samose khane ke baad hum teeno ghar pahunche maja aaya na falguni, tempo se utarte huye pooja ne falguni se puchha ha didi bahut maza aaya aur tu mana kar rahi thi jane ke liye hum sab ghar gaye aur falguni apne ghar gayi poora gaoo so chuka tha kyuki waha sab jaldi so jate hai. Hum sab bhi sone ke liye chale gaye karib 1 ghante baad raghu ne mujhe aur gopal ko uthaya kya huaa yaar gopal na raghu se bola are yaar mujhe bathroom jana hai aur koi gaya huaa hai wo nikal nahi raha hai mera pressure tej ho raha hai raghu ne kaha thora wait karo maine kaha agar papa ji gaye hai to aadhe gante se pahle nahi niklenge gopal ne kaha to ab raghu ne puchha ab hum apna purana style ka use karenge gopal ne bola. Gopal ne ek bottle pani liya aur hum nikal pare kheth ki or aaj tere baap ke samne hi aanand suru ho jata yes-yes come on haste huye raghu ne kaha. Hum ek khet me pahunch gaye yahi par humlogo ko halka hona hai gopal ne humse kaha raghu ne apna trouser khola aur baith gaya aur suru ho gaya bro ab samjha gawo walo ko gas ki problem kyu nahi hoti hai kyu maine puchha itna beautiful hawa bah rahi hai aur isme hum halka ho rahe hai aisa maza aur kaha milega raghu ne kaha. Sahi bola yaar mai bhi halka ho jata hu gopal ne kaha abe pani ek hi bottle hai raghu ne kaha 1 bottle me 3 aadmi ka kota ho sakta hai gopal ne kaha aur pant khol kar wo bhi baith gaya bhai aanand tu bhi baithna chahta hai to baith le gopal ne mujhse kaha yes bro aaj tu bhi baith ja raghu ne kaha nahi mai thik hu maine unhe jawab diya raghu pani de gopal ne kaha aree yaar lagta hai maine bottle rakah tha na usi waqt pani gir gaya maine dhyan bhi nahi diya ab kya kare raghu ne bola are tention nahi lene ka hame edar-udhar pani dhundhana parega gopal ne kaha, kya raghu ne shock hote huye puchha tabhi hame kisi jeep ke aane ki aawaj suni. lagta hai police ki jeep hai maine kaha bhago gopal ne humse kaha hum teeno waha se jungle ko or bhagne lage mai to thik tha but gopal & raghu apni adhi khuli pant ka pakar ki jo bhaag rahe the mujhe hasi aa rahi thi. Kaun hai re bhosri ke police wale ne kaha aur light mari but ham unhe dikhe nahi gopal aur raghu paint pakarkar edar-udhar bhag rahe the bhagte-bhagte hum teeno uss jungle ke 3 alag-alag jagho par chhip gaye. Raghu ne mujhhe call kiya kaha hai be tu usne mujhse puchha mujhe kya pata mai kaha hu mujhe es jungle ka map pata hai kya maine kaha ab kya kare raghu ne puchha conference me gopal ko call karo raghu ne gopal ko call kiya abe hum teeno jungle me kho gaye hai ab kya karenge bhai. Dekh agal-bagal patta hoga tor ke puchh le gopal ne haste huye kaha. Bc mai abhi majak ke mood me nahi hu raghu ne gusse me kaha bahi whatsup se apna address bhejo mai wahi pahunchata hu gopal ne kaha hum dono raghu ke pass pahunch gaye abe police ko dekhkar bhag kyu raha tha raghu ne puchha sabke ghar me yaha bathroom ban chuka hai agar police pakar leti na to bahut insult hota humlogo ka gopal ne kaha ab pani kaha se aayege raghu ne puchha aanand ghar ja aur ek bottle pani lekar aa gopal ne mujhse kaha maine raasta thori na dekha hai maine kaha gopal ne apne dost ko phone kiya hello hariya ha be bol kya huaa hariya ne bola 1 bottle pani lekar aa na buton ke kheth ke puchhe jo jungle hai na waha par gopal ne kaha hariya 1 bottle pani ke sath aaya uske baad dono ne apna kaam kiya aur humlog wapas ghar aaye hum teeno sone ko chale gaye but mujhe neend nahi aa rahi thi aur wo dono jaldi hi so gaye mai room se bahar thora tahalne ko nikla to mujhe kuchh aawaje sunayi di jo shayad falguni ke ghar se aa rahi thi mai uske ghar ke samne gaya uski khirki khuli huyi thi lekin us par parda laga huaa tha maine dhire se parda hataya to dekha falguni aur uske husband me bahas ho rahi thi.. mai apne marji se nahi gayi thi wo didi ne khaha tha so chali gayi thi falguni ne kaha, aur change khana kaun banayega tera baap uske pati ne chilla kar kaha shayad falguni hamare sath film dekhne jo chali gayi thi uske karan uska pati gussa ho raha tha sirf aaj hi to gayi thi esme itna gussa karne ki kya baat hai roj thori na jati hu falguni ne darte huye jawab diya ek to galti karti ho sali aur upar se bakwas kar rahi ho. BC ekdam gussa hokar uske pati ne bola aur khick kar use ek thappar mara falguni rone lagi uske aankho se jhar-jhar aansu girne lage sali din bhar kam karte-karte mera gand fat gaya hai aur tum yaha bhasan chod rahi ho jaan se hi maar denge uske pati ne kaha mai bhi kam karti hu subah char baje uthti hu aur raat ke 12 baje soti hu rote huye falguni ne kaha sali juban larayegi humse falguni ke pati ne kaha aur phir ke thappar mara haa bahut kamate hai na aap samosa khane ka mann ho to kha nahi sakti hu falguni ne kaha aaj sali teri juban bahut chal rahi hai BC samosha khane ka mann tumko kar raha hai uske pati ne bola Faguni ke baalo ka pakar liya aur use khichte huye darwaje ka pass laya aur fir uske pati ne jamin par thuka tu na aise nahi sudhregi samosha khana hai na chatt esko uske pati ne kaha nahi maf kar dijiye mujhse galti ho gayi mujhse falguni ne kaha nahi nahi tujhe film dekhna hai samose khana hai kahte huye uske pati ne jor se uske baalo ko khicha aur uska muh thuk me sata diya chatt esko sali uske pati ne kaha aur jor se uske baalo ko khicha aur fir falguni ka muh usne thuk par ragar diya samosa khayegi BC uske pati ne bola aur darwaza khol kar bahar chala gaya aur falguni roti rahi.

Agli subah hum sab gaoo ke ek famous mandir ghumne jaa rahe thee janti ho pooja shayad kal raat falguni ke ghar me jhagra ho raha tha. Sach me pooja ne kaha hun sab falguni ke ghar gaye khana kha lijiye na gussa mat kariye falguni apne pati se kah rahi thi khana kyu nahi kha rahe ho khaoo esme naraj hone ki kya bat hai pooja ne falguni ke pati se kaha. Koi baat nahi falguni kha lega tention mat loo jyada puja ne ek smile dete huye kaha aur hum sab waha se jane lage aaplog sab kaha jaa rahe hai didi falguni ne puchha are wo durga mandir ghumane jaa rahi hu inlogo ko pooja ne kaha aur waha se humlog chale gaye kheto se hote huye hum sab mandir pahunch gaye aur suhani hawa bah rah thi mithi-mithi. Pooja aur gopal dono mandir me ek jagah baith gaye ekdam akele aditya nahi dikh raha hai kahi gopal ne pooja se kaha ghum raha hoga kahi mandir me kyu usse milne ka man kara raha hai kya pooja ne gopal se kaha. Gopal ne muskura diya bahut pyar karti ho usse gopal ne kaha haa pooja ne kaha mummy-papa ko kaise bataogi gopal ne puchha tum ho na help karne ke liye pooja ne kaha gopal ne fir se muskura diya tum kuchh bolna chahte ho kya pooja ne kaha. Yaad hai humlog jab school me padhte thee to ek din hum logo ke school me ek game compitition tha aur khelte waqt tum gir gayi thi to maine apne naye rumal se tumhare hath ko bandha tha jaha tumhe chot lagi thi yaad hai pooja ne kaha janti ho use maine kyu bandha tha kyuki ye seen maine ek movie me dekha tha gopal. He kaha ha yaad hai aur us din se tumhare dost log tumhe chidhane lage the Mr. Hero kya baat hai aaj bahut philosopher ban rahe ho pooja ne kaha, kuchh nahi bus yu hi gopal ne kaha pyaar karte hu mujhse pooja ne achanak hi gopal se puchh liya haa kya gopal ne kaha pooja ne fir se uski aanko me dekhte huye puchha pyaar karte ho mujhse are nahi aisi baat nahi hai gopal ne bola aur khara ho gaya pooja bhi khari ho gayi gopal chup chap pooja ko dekne laga pooja ekdam gopal ke samne aa gayi bolo pooja ne bola gopal chup tha pooja ne gopal ko kiss kiya aur gopal ne bhi, kiss ke baad jab pyaar karte the to bola kyu nahi pooja na kaha tum to janti ho na mera communication skill thora weak hai halki aanshu gopal ke aankho me aa chuka tha. Usne pooja ke dono haatho ko apne haatho se pakar liya. I love you gopal ne pooja ko bola pooja ne muskura diya lekin tum to aditya se pyaar karti ho na gopal ne kaha agar usse pyaar karti ho to tumhe kiss nahi karti pooja ne kaha matlab gopal ne puchha ye sab ek drama tha bro hum sab mandir ke pichhae se prakat ho gaye tumse I love you bulwane ka ye sab sirf ek idea tha bro raghu ne bola aur eske chakkar me mere aankhe bhi sahid hone se bach gayi aaditya ne kaha, sorry yaar haste huye gopal ne kaha dono ne decide kiya ki dono ye baat apne-apne ghar me bata denge agli subah jab hum sokar uthe gopal ke ghar ke aangan me bhir bhadi huyi thi gopal aur pooja wahi khare the aur bahut sare log bhi unme se kuchh old man bhi the mai bhi waha gaya shayad inlogo ko pooja aur gopal ke shadi se problem the un sabhi logo me se ek aadmi khara huaa vo shayad pooja ke uncle the aur unhone bolna suru kar diya kya hai ye pyaar isliye kya humlog tumhe college bhejte hai. Sanskar mar gaya hai aaj ke generation me selfish ho gaye hai sirf khud ke bare me hi sochte hai bhaiya me aapko ek kahani sunata hu ekdam asli wala pooja ke chacha ne pooja ke papa se kaha aur unhone bolna suru kiya mai jis school me padhata hu na waha ek teacher padhati thi uske family walo ne uski shadi ek officer se karvaya ab uss larki ka dimag dekhiye shadi ka sirf 3 mahina hi huaa tha apne pati ko chhor diya aur bolti hai nahi rahegi uske sath aur chali gayi apn aashiq ke pass maa-baap itna mehnat se paalte poste hai aur kitna kharch bhi kiya tha uski shadi me aur uska pati kitna bara officer tha sabko chhor ke aa gayi aur uska aashiq kaun tha humlog ke hi school ka ek teacher tha kitni bari idiot hai wo are maa-baap jo karenge achcha hi karenge pooja ke uncle ne bola sahi baat hai uske bagal me baithe ek old man ne kaha ab kisi ko kuchh bolna hai pooja ke uncle ne kaha. Mujhe bolna hai maine kaha bro yaha chup raho yaha gayn mat baato raghu ne mujhe dhire se bola. Aapne bahut hi achchhi bat bolo poora mahaul bahut intense ho gaya tha sab ab meri baat dhyan se sunne lage but mai aapse ek baat puchhna chahta hu ye jo aapke bagal me khara hai pyara sa bachcha wo aapka beta hai kya maine puchha ha mera beta hai uncle ne jawab diya to aap ek high school ke teacher hai aapki payment kitni hai 40 thousand hogi maine kaha haa uncle jee ne jawab diya ense miliye ye hai hamara dosht raghu jante hai eska baap crorepati hai maine kaha sab raghu ki taraf dekne lage maine fir bolna suri kiya ye aapko aapke bete ke badle 1 crore de sakta hai to boliye kya aap apne bete ko bech sakte hai maine unse kaha ye kya bakwas hai mai kyu apna bachcha bechu pooja ke uncle ne gusse se kaha kya aapko apne bete ke liye poore 1 crore Rupaye mil rahe hai aap etna paisa poore life me bhi nahi kama sakte hai aur bachche ka kya hai wo to aap phir paida kar sakte hai 1bachcha kya 2, 3 bachche aur paida kar sakte hai lekin aap apne bete ko nahi bechiyega kyu maine bola kyuki mai pyaar karta hu apne bete se pooja ke uncle ji ne kaha yahi pyaar wo teacher bi karti thi apne dost se isliye usne uss officer ko chhor diya tha samjhe aur aap apna bachcha nahi chhor sakte hai jise aap dobara paida kar sakte hai uske pass to dobara aashiq paida karne ka option bhi nahi tha pyaar sirf maa bete aur family ke beech nahi larka aur larki ke beech bhi ho sakta hai samjhe chacha ji maine kaha. Jawab sunkar unka muh ka expression dekhne layak tha apna bhasan yaha mat do ye India hai america nahi samjhe mr ek larke me mujhse kaha jo mere hi age ka lag raha tha you know my friend america aur india me kya fark hai waha log har kam khulkar karte hai aur india me chhipkar karte hai samjhe maine kaha tum chahe jitna bhi dialouge maar lo lekin maine jindagi dekha hai ye jo love marriage hota hai na buss kuchh din hi chlata hai ek old man ne kaha. Uncle ji duniya me sirf 2 tarah ki sadiya hi chalti hai ek vo jo pyaar karke shadi karte hai aur doosra vo jaha aurate bardast karti hai aur aapki wali shadi isliye hi chalti hai kyuki aurate baradst karti hai aur ab mai yaha kisi se bahas karna nahi chahta hu maine kaha, agar tumlog shadi karoge to es gaoo me wapas mat aana pooja ke papa ne kaha paththar par ghaas ugaya ja sakta hai but enlogo ko kabhi nahi samjhaya ja sakta hai maine kaha. Pooja keep papa uth Kar chale gaye fir dhire-dhire sab chala Gaya...

Aaditya apne ghar wapas chala gaya pooja bhi delhi aa gayi apne interview ke liye mai raghu aur gopal mere ghar par dinning table par baithe breakfast kar rahe the beta tumhari tabiyat kaisi hai mere papa ne puchha. I am fine papa maine gajar ka halwa khate huye bola ab college to tumhari khatam ho chuki hai ab aage kya karna ka erada hai mere papa ne mujhse puchha mai ab aalu ke parathe kha raha tha well papa mai soch raha hu ki mai politics join kar lu maine kaha gopal aur raghu mujhe dekhne lage. Kyuki papa mai thora samaaj badalna chahta hu Maine kaha, beta politics me log jate hai samaaj ko badalne ke liye but waha jakar vo khud hi badal jate hai papa ne kaha nahi beta tumko neta veta nahi banna hai delhi jaoo aage ki padhayi karo aur naukri karo meri maa ne bola jo bahut kam padhi likhi thi etne bare haadse ke baad tum aise hi bache ho aur ab dobara tumhe kuchh huaa na to mai nahi bachungi meri maa ne udas hote huye kaha. Are tum tention kya leti ho neta banna etna hi easy hai kya mere papa ne kaha, isliye mai kahti hu ki aanand ki shadi karwa do meri maa ne kaha raghu aur gopal mujhe dekhkar hash rahe the aur gajar ka halwa kha rahe the beta larki walo ke ghar humlogo ko jana hai tum ready ho jaoo meri maa ne kaha aunty aapne baat bhi kar liya hai raghu ne puchha ha beta mai koi risk nahi lena chahti hu mere maa ne kaha humlog ready ho gaye aur car me baith kar larki walo ke ghar gaye mere sath meri maa mere papa raghu aur gopal dono the humlog sab baith gaye unke ghar ke andar unlogo ka namaste wala programme khatam hone ke baad unhone hame nasta diya beta tum karte kya ho larki ke papa ne mujhse puchha maine abhi abhi apna study complete kiya hai aur kuchh nahi maine kaha to aage kya karna ka erada hai larki ke papa ne mujhse phir puchha soch raha hu mai politics join kar lu kyuki samaj bahut bhatak gaya hai use sahi rasta par lana bahut jaruri hai maine ek philosophar ke style me kaha raghu aur gopal ko hasi aa rathi ek saji dhaji larki apni maa ke sath aayi bro mast lar rahi hai kar le shadi raghu ne mujhe dhire se kaha maine koi reply nahi diya tumhare papa aur mai best friend hai to socha kyu nahi esko ristedari me badla jaye larki ke papa ne kaha tumne bahut khoobsurat sari pahna hai meri maa ne kaha ha ye meri mummy ne pasand kiya hai usne jawab diya meri beti bahut sanskari hai sare kaam humse puchh kar karti hai kya khana hai, kya padna hai nahi to aaj kal ke bachcho ka to aap janti hi hai larki ki maa ne kaha dekho beta humlog na bahut khuli soch ke hai tum jo puchhna chahte ho khul kar puchh sakte ho ek aadmi ne kaha but wo us larki ka kya lagta tha ye mujhe nahi pata tha aap kisi ko pasand to nahi karte hai na uss larki ne mujhse puchha ye tum kyu puchh rahi ho Maine bola ye meri maa ne kaha tha isliye usne jawab diya humne to aapko pahle hi bataya ki humlog bahut khule veechar ke hai again uski maa ne kaha aunty jyada mat khuliye eske samne gopal ne dhire se kaha lagta hai aapka beta bahut sarmila hai larki ke papa ne kaha gopal aur raghu ek dusre ka muh dekne lage. Wo to hai ji haste huye meri maa ne kaha tum sare kaam mom dad se puchh kar karti ho maine puchha. Nahi-nahi kabhi apne bhaiya aur didi se bhi puchh leti hu uss larki ne kaha sharmate huye well agar mai tumse shadi kar lu aur hamara suhagraat aayega suhagraat word sunte hi sab mera muh dekne lage to fir tum uss din kya karogi? Maa maine sari khol li hai ab kya karu puri action karte huye maine bola aur bol kar hasne laga but aur kisi ko waha hasi nahi aayi sab mera muh dekhne lage ek laddu gopal ke hath me thi aur wo khane hi jaa raha tha but vo rook gaya professor sahab what is this aapka beta pagal hai kya gussa hokar larki ki papa ne puchha wah uncle ye baat aapko kisne batayi maine kaha aur waise bhi jab sab kaam puchh kar hi karti hai to ye kaam bhi puchh kar hi karegi maine bola app log jaa sakte hai larki ke baap ne hath jorkar kaha. Ha ha hame bhi yaha baithne ka koi sauk nahi hai meri maa ne kaha aur hum sab uthkar waha se ghar chale aaye ghare aate hi maa ka dialouge baji suru ho gaya mujhe to pahle hi pata tha wo ekdam achchi larki nahi thi mere bete ko pagal bol rahi thi meri maa ne aur bhi bahut kuchh kaha jo mujhe ekdam bhi yaad nahi hai mood fresh karne ke liye hum teeno bahar ghumne nikal pare. Hum ek coffee shop gaye aur waha baith kar coffee pee rahe the hame kuch jindabad type nara sunayi diya yaha kya ho raha hai maine bill paid karte huye waiter se puchha elections hone wale hai isiliye neta logo ki railiya nikalti rahti hai usne kaha. Chalo jara hum bhi netaji se mulakat karke aate hai maine kaha aur hum bhi jakar bhir me khare ho gaye kuchh jyada hi bhir hai yaha par yaar gopal ne kaha suddenly poori bhir chillane lagi kamlesh thakur jindabad-jindabad again repeat lagta hai neta ji aa gaye raghu ne kaha neta jee jo ki waha ke MLA the vo stage par aaye, bhir ne taaliya aur sitiya bajakar unka welcone kiya neta ji ke chamche ne mike thik kiya etna shandar welcome ke liye sabki dil se thanku dono hath jorkar neta jee ne kaha pichhle bar maine jitne wade kiye the lagbhag vo sab maine poore kiye lekin mai aaj yaha kuchh social issues ke baare me baath karne aaya hu kyuki ye mera area hai netaji ne kaha, aaj netaji poora josh me dikh rahe the unhone dobara bolna suru kiya ek aadmi ne kal ek larki ko chher diya ab bolo aisa kyu hota hai sabko sirf larka ka hi galti dikh raha hai koi larki ka galti nahi dekh raha hai ki usne etna chhota kapra kyu pahna tha ab bataeye jab bibi purani ho jati hai to maja kam aat hai aur upar se ye larkiya chhote kapre pahnti hai to rape aur chherkhani nahi hogi to kya hoga logo ne sitiya bajakar neta ji ko support kiya england me ek research kahta hai ki sabse jyada car accident waha mini skirt pahni huyi larkiyo ko dekhne ke chakkar me hota hai ab boliye hum yaha half paint pahankar aa jaye to aaplogo ko achcha lagega ab jisko jo puchhna hai puchho netaji ne kaha but sir ye to hamari aajadi hai na ki hum kuchh bhi pahne ek mahila reporter ne kaha to eska matlab tum nanga ghumogi kya neta ji ne usse kaha uss reporter ne kuchh jawab nahi diya. Bich-bich me neta ji logo ki taliya aur sitiya mil rahi thi puchho puchho kisi ko kuch puchchna hai to fir baad me mat bolna ki neta ji ye bolkar vo bol kar chale gaye maine bhi hath utha diya gopal aur raghu mujhe dekhne lage balki saari bhir mujhe dekhne lagi media ka camera edhar ghum gaya puchho kya puchna hai mike do es larke ko neta ji ne kaha ek larke ne mujhe mike di sir jee apne kaha ki jab bibi poorani ho jati hai to jyada maza nahi deti hai ok mera sawal sirf itna hai ki aapko ye baat kisne batayi aapki maa ne ya phir aapki beti ne ki papa mai aapke damaad ko pura maja nahi de pa rahi hu maine kaha bhir pure silent mode par aa gayi thi ab sab neta jee ki taraf dekhne lage ye-ye kya bakwas sawal hai neta jee ne rook-rook kar kaha. Sir yahi to sawal hai maine kaha bahut-bahut dhanyawad etna kahkar neta jee stage se utar gaye aur jane lage sir jawab to dete jaeye maine phir bola but uske kuchh suporter ungaliya ke eshare se aanand ko dhamki de rahe the. Abe tu kahi bhi kyu suru ho jata hai gopal ne mujhse kaha chal ghar bro raghu ne kaha aur waha se hum sidhe ghar pahunch gaye kya huaa tumlog etna paresan kyu dikh rahe ho darwaza kholte huye meri maa ne bola. Esne aunty yaha ke MLA kamlesh thakur se kya ulta pulta sawal puchh liya hai news kholiye pata chalege aap logo ko gopal ne kaha mere papa ne TV on kiya, aaplog dekh rahe hai prime time mai dipti singh aaj U P ke ek MLA ne jo hone wale elections ke liye ek raili me the unhone diya hai ek vivadit bayan purani bibi utna maja nahi deti hai aur rape chhote kapre ke karan hota hai lekin esse bhi majedar baat ye hai ki ek larke ne unse puchha sawal ki yi baat aapko aapki beti ne bataya ya maa ne reporter ke ye bolne ke baad meri maa aur papa mujhe dekhne lage. Ab hum aapko lekar chalte hai party president of Delhi ke pass ki unka es baat par kya veechar hai hamare reporter pradeep ke sath news anchor ne kaha sir kya kahna chahenge aap apne MLA ke baare me unhone mahilaoo ko lekar ek vivadit bayan diya hai dekhiye ye unka apna vichar hai aur hamari party ka esse koi samband nahi hai neta ji ne kaha but sir jab koi MLA achcha kam karta hai to aapki party to bahut jyada samband jor leti hai aisa kyu? sir hamne unse baat ki thi halka gussa hote huye mantri jee ne bolna suru kiya media unka bayan ka galat matlab nikal raha hai aur logo ko bata raha hai neta ji ne kaha but sir ye to neta logo ka last dialouge hai bachne ke liye reporter ne jawab diya aaplog jo uss larke ko hero bana rahe hai na achchha nahi kar rahe hai ye sab opposition ki chal hai hame pata hai aur agar aaplogo ko vo larka etna hi hero lag raha hai to ek bar unko aur MLA jee ko aamne-samne baitha dijiye fir dekh lenge kaun hero hai aur kaun zero. Etna kahte huye neta jee apni gari me baithe aur chale gaye to dekhna aapne kis tarah neta jee ...... mere papa ne TV band kar di beta tum sabse bahas mat kiya karo ye neta logo se jhagra karne ki hamari takat nahi hai mere papa ne bola.

Bed par soye huye aanand ne poori story mujhe suna di samaj me aaya kuchh bed se utarte huye aanand ne kaha, bahut problem hai na hamare desh me larkiya ko maine kaha ye duniya ka problem aurat nahi hai problem hai sex tumlogo ke dimag me ek baat ghus gaya hai ki sex ek gandi chij hai ess duniya ko na romance karna sikhana parega aanand ne kaha uska, phone bajne laga aanand ne baat ki aur call cut kar diya kiska call tha maine puchha channel walo ne mujhe call kiya tha uss MLA ke sath inteview ke liye aanand ne kaha. To tum interview lene jaaoge abhi maine puchha, yes aanand ne kaha mai office chali gayi aur wo chala gaya interview lene. Mai office me baithi files check kar rahi thi. Mam ye dekhiye Sharma jee ne kaha jo hamare yaha nayi medicines ke incharge the hum es nayi cancer ki dawa par kam kar rahe hai jo cancer ko 3rd ya 4th stage se thik kar sakta hai unhone kaha. Mere mobile ki ghanti baji Hello, maine kaha hi anjali aanand udhar se aanand ne bola. Hi interview suru ho gaya kya maine puchha you tube on kar lo live interview sunne ke liye bluey news chennal Ok aanand ne kaha aur call cut kar diya. Mam hamara naya project Sharmajee ne kaha. No abhi aaplog jaaeye project ke papers yaha rakh dijiye mai baad me dekhti hu maine kaha. Mere sare staff chale gaye jo files lekar waha khare the maine laptop start kiya bluey channel live maine you tube par type kiya channel open ho gaya. Hello this is javed good morning friends aaj ka interview kuchh special hone wala hai ek aam larka lene wala hai interview ek khas MLA jee ka jinka naam aur kaam dono charcha me hai anker bahut hi beautifully apne channel par hone wale interview ke liye darsako ke andar exictment bhar raha tha. To friends hum welcome karte hai MLA kamlesh thakur ka anker ne kaha aur MLA sahab se hath miliya muskurate huye fir uske baad ankar ne aanand se hath milaya. Kya baat hai young man tum bahut intense dikh rahe ho ankar ne kaha aisi baat nahi ha aanand ne muskurate huye kaha to dosto ab aapke saamne suru hone ja raha hai ek special interview watch and enjoy anker ne bola aur chala gaya aanand aur MLA dono aamne samne baith gaye hello MLA sahab aanand ne hath aage badhate huye bola but MLA ne hath jorkar namaste kiya MLA jee mai aapse direct ek baat puchhta hu aapne jo kal kaha aanand ke baat ko beech me hi katte huye MLA jee ne kaha dekhiye meri bath ko aapke media ne galat tarha se bataya hai let me complete sir jee sir aapne jo kal kaha hum aapke hi najariye se baat karte hai ki aapne jo kaha wo sahi hai thik aanand ne kaha. Tumhari media hi to bol rahi hai ki maine galat bola tha MLA ne kaha koi baat nahi mai maan raha hu ki aapne sahi bola tha mera sawal ye hai ki kya aap apni patni ke sath sirf maje ke liye rahte hai kya koi shadi sirf maza ke liye karta hai simple baat hai sir jab aapki age jyada ho jayegi tab sexual maza kam hoga hi jawani jaisa thori na maza aayega aapke liye ek patni ka matlab sirf maza hota hai yaha aap galat hai aanand ne kaha sirf mai hi nahi galat hu Mr aanand aadhi duniya bhi yahi sochti hai isliye to mai hamesha se jitta hu MLA ne bahut cofidentialy kaha yahi to afsos hai ki aaj ki generation aur aadhi duniya yahi sochti hai. Ekdam sahi kaha aapne log na sirf badal gaye hai sudhra koi nahi, pahle log shadi sirf post paise aur gori chamri dekhkar karte the aaj to log shadi kya pyaar bhi inhi sab chijo me se ek ko dekhkar karte hai aanand ne kaha, kal jo tumne mujhse puchha tha ki ye baat aapko apki beti ne bataya tha ya fir maa ne mujhe boora laga tha MLA sahab ne kaha sir mai kisi se koi bhi sawal use paresan karne ya fir uski unsult karne ke liye nahi puchhta hu ya fir mai kuch aisa sawal puchh lu aapse ki mai poori duniya me hero ban jaoo mai sirf aapko ahsas karwa raho hu ki aap galat ho aanand ne kaha. Thori der sab kuch silent mode par raha. I am sorry MLA jee ne kaha aap neta hai aap duniya ki soch badaliye ga but aap hi aisa sochte hai aanand ne kaha tum jo sochte ho ki tum diniya badal sakte hao ek baar politics me aakar dekho tab samaj aayega what is politics neta jee ne kaha namaste MLA sahab ne kaha. Thanku very much MLA sir aapko aur aanand tumko bhi bro aapko ye interview kaisa laga #bluey par hame bataye aur hamare channel ko subscirbe jarur kare by Anker ne kaha maine youtube close kar diya apni laptop bhi band kar diya aur ek lambi sans li fir mai apne naye project ki files dekhne lagi. Mai files dekhne me busy thi kisi ne darwaza knock kiya come in maine kaha aanand tha vo andar aaya kya baat hai interview to mast liya tumne maine kaha usne sirf muskura diya mujhe pata nahi tha tum inteview etna achcha lete ho maine kaha. Aaja mai tumhara interview leti hu dekhti hu kitna talent hai tumhare andar maine fir kaha wo mere saamne wale stool par baitha huaa tha naam kya hai tumhara maine puchha, Mr, Killer aanand ne kaha. Romance karna aata hai maine kaha, isme to mai Ph.D hu aanand ne kaha mai uthkar uski baho me baith gayi. Mr Ph.D apna talent dikhao maine aanko me dekhte huye bola talent to etna hai mere andar ki honto par kiss lekar mai lipstik ka brand bata deta hu aanand ne kaha. Really maine muskurate huye kaha usne mujhe kiss karna start kiya uske honth mere hontho me poori tarha ghush chuke the usne mujhe joro se pakar rakha tha fir usne mujhe apni baho me utha liya aur maine bhi usee pakar liye vah mujhe dewaar ke pass le gaya fir usne mujhe kiss karne laga lekin usi waqt kisi ne darwaza knock kiya, abhi kisko aana tha yaar maine man hi man bola tumne gate lock kar diya tha maine bola yahi to mera talent hai aanand ne kaha humne apne kapre ko thora dressup kiya. Mridula tum gate kholte hi maine bola haa Maine socha meri friend aayi hai to usse mil lu wo to mujhse milegi nahi Mridula ne kaha. Andar aaoo bahar kyu khari hu maine kaha Ooo ho Mr handsome yahi hai. Hi Annand I am mridula usne aanand se hath milaya ye hai meri friend mridula jo netagiri karti hai Maine aanand se kaha. Ese maine aanand ke baare me bataya tha waise tumlog room band karke kar kya rahe the mridula ne bola koi baat nahi jawani me etna hota hai but anjali tu kab se etna naughty ho gayi mridula ne ek smile dete huye kaha. Tum apni friend se baat karo mai jaa raha hu aanand ne kaha aur chala gaya. Tu na bahut kamini hai maien usse kaha. Kyu distrub Kar Diya Kya romance me mridula ne kaha aur hum dono hasne lage hamne thora wiski ki party ki bahut sari baate ki aur phir ghar chale gaye.

Agle subah uthkar mai coffee bana rahi thi mridula ka call aaya good morning yaar, maine kaha morning darling usne kaha, kya baat hai kal raat ki whisky bahut jaldi utar gayi kya maine bola wo hasne lagi subah se kuchh news pata chala hai tumhe mridula ne kaha nahi to maine kaha you tube on karo aur dekho trending me kya chal raha hai mridula ne kaha kyu aisa kya treding me chal raha hai jo tumne mujhe call kar diya. Maine kaha tumhara hansome ka interview wala video trending par chal raha hai usne kaha really maine you tube on kiya MLA ke sath wala interview ko abhi tak 2 M views mil chuka tha. Aanand maine use room se bulaya, wo tumhare room me kya kar raha hai mridula ne bola. Maine call abhi tak cut nahi kiya tha kal tu galat time me office aa gayi thi isliye jo kaam bach tha na use pura karna tha maine usse kaha. Tu to kamini nikli re mridula ne kaha thik hai mai rakhti hu baad me baat karti hu maine kaha aur phone cut kar diya mere bulnae par abhi aanand aaya nahi mai uske room gayi aanand maine phir kaha kya huaa usne sote hue kaha kal jo tumne interview liya tha use 2 M views mil chuke hai maine kaha really aanand ne kaha tum famous ho gaye ho maine kaha. Lagta hai bhagwan bhi chahta hai ki mai neta banu aanand ne kaha ye lo gopal ka call bhi aa gaya kya bhai aajkal bara you tube par chha gaya ho gopal ne kaha haa aanand ne reply diya ab tu neta ban hi jayega gopal ne kaha, ok bye gopal ne kaha aur call cut kar diya. Agar tumhe politics join karna hai to bolo mai mridula se tumhari meeting fix karwa dungi abhi kuchh mahino ke baad electin hone hi wala hai wo tumhe apni party jarur join karwa degi aur usne hi mujhe call karke ess video ke bare me bataya tha maine aanand se kaha. Thik hai to der kis baat ki aanand ne kaha ok. Fir aanand ke pass uske ghar se phone aaya aur wo phone par busy ho gaya.

Mridula ne apne ghar par hame dinner par invite kiya tha wahi par anand party ke netaoo se aur party ke head se milta jo ki mridula ke chacha the mai aur aanand dono mridula ke ghar pahunche maine apni car park ki aur hum. Sono uske ghar ke andar gaye waha pahle se hi saare neta baithe huye the aur first chair par durjoy singh baithe huye the. Yahi mridula ke chacha aur party head the baithne se pahle hum dono ne unhe namaste kiya unhone hame baithne ko kaha mai aur aanand dono baith gaye waha 3 - 4 mahila bhi baithi huyi thi preeti rawat party ki vice president thi jo mridula ke bagal me baithi huyi thi tum abhi etne young ho aur etna achcha sochte ho mujhe tumhara bhasan achcha laga youtube par suna tha maine, preeti rawat ne kaha, tum etni kam umar me hi aurat ko samaj gaye hamara to shadi ka 30 saal ho gaya lekin hun aaj tak samaj nahi paye ek mote se neta ne haste huye kaha aur uske sath sabhi koi hasne lage. Aanand ne kheer uthaya hi tha khane ke liye but beech me hi rook gaya aur wapas usne plate me rakh diya. Aap aurat ke sath sirf sona chahte ho use samajna nahi aanand ne neta jee ko dekhte huye kaha, neta jee ne kuch nahi kaha aanand ne kheer ka first bite liya khabhi samaj kar dekhiye kheer khate huye aanand ne dobara kaha. Tumhe ek party worker ke roop me apni neta giri suru karni paregi durjoy Singh ne kaha,mai yaha MLA banne aaya hu worker nahi aanand ne durjoy singh (party president) ko dekhte huye kaha tum achcha bol lete ho but eska matbla ye nahi ki tum MLA ban jaoge MLA banne ke liye bahut pahchan banani parti hai samjhe Mr, Durjoy singh ne kaha, MLA to mai kal hi ban gaya tha us interview me ab to sirf sarkari mohar lagna baki hai aanand ne neta ji ko dekhte huye kaha. Ab chale mohar aap lagao yo fir koi dusra aanand ne dobara kaha sab koi aanand ko hi dekhne lage, garmi bahut hai tumhare andar Mr, durjoy singh ne kaha ese garmi nahi kuchh karne ka josh kahte hai aanand ne durjoy singh ko look dete huye kaha, Khana kaisa laga aanand, mridula ne puchha bahut hi tasty hai aanand ne kaha, ok sir humlog chalte hai aanand ne kaha aur jane ke liye khara ho gaya tum mujhe achche lage lekin ye party decide karegi ki MLA ka ticket kise milega aur agar tum chaho to party se jur sakte ho tumhe mai youth ka president bana sakta hu Durjoy singh ne kaha thanku sir aanand ne kaha aur fir humlog waha se chale gaye.

Kaha ho aanand mai ofice me thi maine aanand ko call kiya, mai party office me hu aanand ne kaha, bahut busy lag rahe ho maine kaha aisi koi baat nahi hai youth president bana hu na to apna area ghumne ja raha hu. Ok by maine kaha aur call cut kar diya are you ready mridula ne aanand se kaha I am always ready aanand ne kaha waise hum log accurate kis jagah par jaa rahe hai aanand ne puchha humlog ek NGO ja rahe hai waha ek chhota sa programme hai let's go mridula ne bola aur apni jeep me baith gayi aanand bhi baith gaya tum jeep chalana janti ho aanand ne puchha mai urane bhi janti hu mridula ne kaha aur jeep start ki. Thori der baad wo dono pankh naam ke ek NGO pahunche NGO ke campus me mridula ne apni jeep park ki shari pahne ek mahila bahar aayi, namaste usne mridula aur aanand ko welcome kiya reply me indono ne bhi namaste kaha. Ye hamara party ka naya youth president hai mridula ne us aurat se kaha inka video maine youtube par dekha tha us mahila ne kaha. Vo dono room ke andar gaye poora room larkiyo se bhara huaa tha lekin sabhi ke chehre jale huye the. Hi sabhi larkiyo ne kaha hi aanand ne unhe kaha hum yaha kyu aaye hai dhire se aanand ne mridula se puchha sari larkiya khus thi aur hash rahi thi thori der baad vo mahila ek plate me scissors aur nariyal lekar aayi hum dusre room gaye jo ki ribbon se lock tha mridula ne scissor uthaya aur ribbon kati sabne taaliya bajyi kisi ne upar latke ek baloon ko fora mahaul poora rangeen ho gaya aanand aur mridula andar gaye ek beaty parlour tha jise pankh NGO ne khola tha jisse ye sari larkiya self indepedent ho jaye. Andar ek cake tha mridula ne cake kata aur sabhi ne bahut masti ki sabne ek dusre ko cake khilaya aur mujhe cake kaun khilayega mridula ne kaha fir aanand ne use cake khilaya. Larka sarmaraha hai humse mridula ne muskurate huye kaha sabhi larkiya hasne lagi hamne mridula ko to bahut suna hai but aaj hum aanand ko sunna chahte hai us mahila ne kaha. Aisi situation me mai kya bhasan dunga bus itna hi kahna chahunga ki koi bhi tumhare ess beauty parlour me aaye tumhare tilent ke liye, na ki tumhare upar taras dikhane ke liye ki chal koi nahi aaj yahi se karwa lete hai aanand ne kaha sabne taaliya bajayi.. aaplogo se milke mujhe bahut achcha laga ab humlog chalte hai aanand ne kaha, sabh larkiyo ne unhe jaate huye by kaha, achchi baat kaha tumne un larkiyo ko car me baithi maridula ne kaha jeap wahi drive kar rahi thi dinbhar aanand aur mridula poora city ghumte rahe aur ghumte-ghumte karib raat ke 9 baj gaye fir wo dono wapas apne party office jane lage anjali girl friend hai tumhari mridula ne aanand se puchha yes aanand ne kaha to shadi karoge usse mridula ne puchha GF hai lover nahi hai meri jo mai shadi karunga aanand ne kaha aur agar pyaar ho gya tab mridula ne puchha aanand ne kuchh jawab nahi diya means tum abhi bhi kisi ke boy friend ban sakte ho mridula ne kaha. Mai bahut thak chuka hu aur abhi kiss karne ke mood me nahi hu aanand ne muskurate huye kaha. Mridula ne bhi ek smile de di humlog kaha ja rahe hai mridula ke jeap doosri side ghumate hi aanand ne kaha chalo tumhara mood fresh karti hu mridula ne kaha jeap kisi doosri political party ke office ke pass jakar rooki. Ye kaha aa gaye hum aanand ne puchha. Hamari party ka kya naam hai mridula ne puchha jan sahyog party aur ye office hai bhartiya vikas party ki jo hamari virodhi party hai umesh yadav youth president hai es party ka socha tumhe milwa du mridula ne kaha vo dono car se utarte hai aur office ke andar jate hai tab tak umesh hi bahar nikal aata hai umesh ke sath karib 30 - 40 larke bhi the kya baat hai mridula aaj raat ko tumhe meri yaad aayi hai umesh ne ek smile dete huye kaha. Mridula ne koi reply nahi diya sirf muskura diya aur fir bolna suru kiya tumse kisi ko milwane layi hu jo tumhari raato ki neend ura dega aanand meet Mr. Umesh jo hamari party ke against khara hoga ese hi hame harana hai mridula ne kaha but mujhe to sirf jitne ki aadat hai aanand ne kaha. Yaad rakhna raato ki neend umesh ke ekdam pass jakar mridula ne kaha aur fir hum wapas jeap me baith kar waha se chale gaye. Tumhare style me dum hai aanand ne mridula se kaha tumne abhi mera style dekha hi kaha hai mridula ne kaha aur ek jor ka break liya ye to sirf trailor tha baby mridula ne kaha aur usne aanand ko kiss kiya aur karte hi gayi aanand bhi use kiss karne laga mridula uski baho me baith gayi aur use kiss karne lagi poora passion wala kiss aur karti hi rahi.

Kya baat hai aaj tum bahut jaldi hi nikal gaye maine aanand se phone par puchha agle mahine election hai to soch raha hu jyada kaam kar lu aanand ne kaha gopal aur raghu aaye the kah rahe the tu to neta ban gaya hai ab baat bhi nahi karta hai Anjali ne kaha. Maine kaha 1 mahine baad hi sabse baat karunga ok by aanand ne kaha aur call cut kar diya aanand party office me baitha huaa tha ek larki aayi thi aanand se milne ke liye usne darwaza knock kiya yes aanand ne bola vo larki andar aayi aanand akela room me baitha huaa tha baitho kya bat hai aanand ne usse bola hello mera naam sudha hai aur mai ek designer hu ghar design karna mera kaam hai mai ek company me kaam karti hu jiska naam aasha construction hai 2 din pahle mai site se kaam karke wapas apne ghar aa rahi thi to raghav jo ki aasha construction ke malik ka beta hai wo bhi apne car se kahi ja raha tha usne mujhe lift di aur mai jab gari me baithi to dekha wo nashe me tha isliye maine usse kaha ki mai taxi se chali jati hu tum jaoo but usne mere sath misbehave kiya kisi tarah mai waha se bach kar bhag gayi. Agle din jab mai police station report likhwane gayi pahle to wo report likhne lage but jab maine unse kaha ki raghav aasha construction ke malik ka beta hai to unhone saaf mana kar diya mai SP ke pass gayi to usne raghav ko bulaya aur usse mujhse sorry kahne ko kaha raghav ne mujhe sorry bol diya aur Sp ne mujhse bola maaf kar do na bechare se galti ho gayi hai. Ab aap hi boliye kya koi kuchh bhi kar dega aur sorry bol dega kal wo rape kar dega aur sorry bol dega to chalega us larki ne aanand ko poori baat batayi. Maine aapka video dekha tha aur ab aap to neta bhi ban chuke hai to chaliye us larke ke khilaf FIR likhwane ke liye us Larki ne kaha, chalo aanand turant us larki ke sath police station jane ke liye ready ho gaya aur dono bike par baith kar turant police station chale gaye, aaeye netaji, boliye mai aapki kya seva kar sakta hu SI ne kaha, aanand aur sudha dono chair par baith gaye 2 din pahle jab ye larki yaha complain likhwane aayi thi to aapne complain kyi nahi likha aanand ne puchha dekhiye neta jee thori bahut galti kisse nahi hoti hai uss bechare se bhi ho gayi ab esme ye maidam etna gussa ho gayi aap hi bataeye larka sorry bhi bol chuka hai fir bhi hame samaaj me thora mil jul kar rahna parta hai maidam jee police wale ne kaha. Matlab koi aadmi sorry bolkar kuch bhi kar sakta hai aanand ne kaha. Dekhiye agar aap yaha FIR likhwane aaye hai to jakar SP sahab se miliye unka order aayega tab hi mai FIR likh sakta hu police wale ne aanand se kaha. Aanand ne us larki ki taraf dekha chalo SP sahab ke pass aanand ne kaha vo dono SP sahab ke pass gaye unka PA khara tha hame sir se milna hai aanand ne kaha sir se to jamana milna chahta hai bolo kaam kya hai apni files me khoye PA ne kaha FIR ko lekar ek jaruri baat karni hai aanand ne kaha. Baad me aana sir abhi busy hai PA ne kaha tumhe pata hai mai kaun hu? Kya chahte ho tere office ke bahar hangama ho aanand ne kaha ab PA ne usse dhyan se dekha PA Sp ke pass gaya fir wapas aaya are sir aapko pahle na bolna chahiye ki aap JSP ke neta hai muskurate huye PA ne kaha aanand aur sudha SP ke cabin me gaye baithiye SP ne undono se kaha dono baith gaye. Kya baat hai SP ne puchha ye larki kuchh din pahle FIR likhwane gayi thi but police ne kaha ki wo larka jisne iske sath misbehave kiya tha usne SP sir ke samne sorry bol diya hai ab FIR likhne ki koi jarurat nahi hai. Matlab SP sahab koi kisi ke sath kuchh bhi kar sakta hai aur fir uske baad sorry bol dega to uske khilaf koi FIR nahi hogi aanand bole ja raha tha aur SP sir chup chap sunte jaa rahe the. Usne sorry bol diya hai aur ye case file nahi ho sakta hai jyada bhasan dene ki jarurat nahi hai SP ne cool style me aanand ko jawab diya sudha chup chap sirf sunn rahi thi aaplog etna padh-likh karke es post par aate hai jab bhi mai kabhi aap logo ka interview padhta hu to aaplog apne interview me to bahut bari-bari baate karte hai mai ye kar dunga mai vo kar dunga but jab aap post par aate hai to aap bhi wahi ban jate hai. Etna kahkar aanand apni kursi par se uth gaya SP sahab chup chap sunn rahe thee jab sudha aur aanand darwaze ke pass pahunche Mr aanand SP ne kaha aanand ruk gaya tum jo mere samne etna dialouge mar ke gaye na jante ho maine us larke ke naam FIR kyu nahi likhi SP ne bola kyu aanand ne puchha tum jiske yaha netagiri karte ho na durjoy Singh JSP party ka president unhone hi mujhe mana kiya tha kyuki vo larka unke dost ka beta hai aasha construction ka malik samjhe Mr aanand aur ha jitna dialouge mere samne mare ho na thik waise hi unke samne hi marna SP sahab ne kaha. Aanand ne kuchh jawab nahi diya ve dono SP office se bahar nikle tum apne ghar jaoo mai kal tumse fir milunga aanand ne sudha se kaha. Ok sudha ne bola aur wo chali gayi aanand sidhe ghar aaya washroom gaya nal khola aur pani apne muh pe mara vo apne bedroom gaya usne apna shirt khola aur fekh diya shishe me khud ko usne dekha thori der baad usne shirt pahna aur sidhe party head office pahunch gaya. Waha sabhi koi baithe huye the aur aane wale eleciton par baate ho rahi thi aanand ne darwaza knock kiya are aanand aaoo aaoo durjoy singh ne kaha vo andar gaya sabhi log apni-apni files me busy the kuchh baat karni hai sir ji aanand ne kaha abhi jaoo abhi yaha bahut jaruri kam ho raha hai kal subah aana MLA tiwari ne kaha. Ye durjoy singh ka sabse bara chamcha tha jaruri baat hai aanand ne dobara kaha tumhe samaj nahi aa raha hai yaha election ko lekar jaruri meeting ho rahi hai tiwari MLA ne chillakar kaha sabhi log aanand ki taraf dekhne lage. Durjoya singh ne haatho se tiwari ko chup rahne ka esara kiya bolo kya bolna hai durjoy singh ne aanand se puchha. Room poora silent mode par aa gaya sab aanand ko hi dekhne lage sari baat-cheet rook gayi. Aap sudha ko jante hai aanand ne puchha, kaun sudha durjoy singh ne kaha jiske sath aapke builder dost ke bete ne missbehave kiya tha aanand ne seriously mood me puchha. Ha durjoy singh ne kaha aapne police ko FIR likhne se kyu roka. Dekho us larke se galti huyi thi aur etni se baat ke liye kisi ko maaf kiya ja sakta hai durjoy singh ne kaha. Aap kaun hote hai decide karne wale ki ye galti chhoti hai ya bari hai es par maaf kiya jaa sakta hai. Ya nahi kiya ja sakta hai you are the leader don't try to become a judge sir aanand ne gusse me kaha. Ooye lakre tameej se baat kar tiwari ne phir chilla kar kaha aanand tiwari ko dekhne laga aanand tiwari ke pass gaya chamchagiri karne se aap bahut bare neta nahi ban jaaooge tiwari jee ye baat aanand ne bahut pyaar se kaha. Har samay chamchagiri-chamchagiri ab aanand chilla kar bolne laga kaun hai ya aadmi jo tum eski chanchagiri kar rahe ho ye ek ghatiya aadmi hai jo randi baji kar rahe apne dost ke bete ko bachata hai aur yaha baithkar neta giri jhar raha hai soch bari rakhiya tiwari jee aanand ne tiwari se kaha. FIR to report hogi dekhta hu kaun rokta hai aur ab to usme aapka naam bhi report hoga aanand ne durjoy singh ki aankho me dekhte huye face to face bola aanand gusse me room se bahar chala gaya maine bola tha na es larke me garmi bahut hai dekh liya na aaj aapse aankhe milakar kaise baat kar raha tha tiwari MLA ne kaha. Agle din party office me har koi present tha kyuki aaj durjoy singh MLA ke post ke liye candidate select karne wale the mridula bhi wahi thi es seat se jo bhi khara hota vo election jarur jeetta kyuki ye seat preeti rawat ka tha aur wo pichhle 25 saalo se yaha se MLA rahi thi lekin ess baar wo MP ka election face karne wali thi jo ki agle saal hone wali thi. Isliye es baar koi young candidate ko chuna ja raha tha aur jo bhi yaha se candidiate chuna jayega vo jarur election jeetega ye baat ekdam pakki thi mridula khari man hi man muskura rahi thi aur neta ji ki chaaplusi karne wale tiwari jee bhi esi ka wait kar rahe the ki es baar neta ji unke bete ko ticket denge jo ki america se padh kar ke aaya tha vicky vo bhi wahi khara tha. Aanand aaya aur chup chap kone me khara ho gaya durjoy singh jee wahi baithe huye preeti rawat se kuchh bate kar rahe the sab koi to aa chuka hai yaha pe preeti rawat (party vice president) ne kaha mera beta bhi aa chuka hai america se padh kar maidam jee aur ye bhi neta banna chahta hai hamare khun me hi rajneeti hai tiwari MLA ne kaha matlab hamare pass 3 candidates hai ess election me durjoy singh ne kaha pahla thi mridula doosra tiwari MLA ka beta aur teesra tha aanand sabhi log durjoy singh ki baat dhyan se sun rahe thee ess baar election me ticket aanand ko milega sabhi koi ki nazre aanand ki or ghum gayi lekin sir jee ye kal raat hi aapki insult kar ke gaya tha es larke par jyada bharosa mat kijiye tiwari MLA ne halka gussa me kaha. Durjoy singh muskurane lage kal raat esne meri insult ki thi isliye to ese ticket de raha hu durjoy singh ne kaha matlab tiwari MLA ne puchha. Mridula to ekdam shock thi aur andar se gussa bhi ho rahi thi usi waqt sudha aayi kal wali larki aanand use dekhkar shock ho gaya ye hai sudha mere dost ki beti 3 candidates hamare samne the isliye kise choose kiya jaye teeno me se It's a big problem kyuki teeno talented hai to maine socha kyu na ek test liya jaye sudha kal hi apna college khatam karke aayu thi aur ese tumlogo me se koi jaanta bhi nahi tha isliye ese maine tum teeno ke pass bheja tha teeno ka test lene ke liye pahla test mridula ke pass mridula ke taraf dekhte huye durjoy singh ne kaha waha kya huaa suno mridula apne ghar me baithi huyi TV dekh rahi thi. Maidam aapse koi milne aaya hai mridula ke naukar ne usse kaha kaun hai mridula ne puchha koi larki aayi hai madam aur baarish me bhig bhi gayi hai naukar ne kaha aane do use jee madam sudha andar aayi baitho bolo kya baat hai mridula ne bola. Mera naam sudha hai aur mai ek construction company me kaam karti hu kal raath mai kaam khatam karke wapas ghar ja rahi thi to raghav ne mujhe lift offer kiya raghav hamari company ke boss ka beta hai jab mai uske car me baithi to usne mere sath miss behave ki, kisi taraf mai waha se bhag gayi agle din mai police ke pass gayi tab maine unhe bataya ki wo hamare company ke boss ka beta hai to unhone report nahi likha mridula ko sudha ne poori baat batayi thik hai mridula ne kaha aur police ko call kiya police ne wahi baat mridula ko bola jo bat aanand ko bataya tha dekho sudha police kah rahi hai ki usne tumhe SP ke saamne sorry bol diya hai mridula ne kaha, ha sorry to bola hai but eska matlab kya vo kuchh bhi kar dega aur sorry bol dega sudha ne kaha dekho sudha society me rahna hai to thora manage karna sikho mridula ne kaha ab vo kuchh dobara karega to mai jarur action lungi mridula ne usse kaha ok thank you sudha ne bola aur chali gayi durjoy singh ne puri story batayi, police ne kaha ki aapne sorry bulwaya hai isliye maine kuchh nahi kiya mridula ne safayi di galat koi bhi ho sakta hai mridula mai bhi durjoy singh ne jawab diya. Fir maine esko tumhare bete ke pass bheja durjoy singh ne tiwari MLA ki taraf esara karte huye kaha, vicky tiwari MLA ka beta tiwari jee ke office me baitha huaa tha sir aapse koi milne aaya hai peon ne kaha bulaoo andar vicky ne kaha sudha andar aayi mujhe MLA sir se milna hai sudha ne kaha wo abhi nahi hai tum mujhe bata sakti ho problen kya hai vicky ne kaha mera naam sudha hai mai ek construction company me kaam karti hu sudha ne poori story vicky ko bhi sunayi ok mai baat karta hu vicky ne police ko call kiya police ne bhi use vahi baat batayi jo usne mridula ko bola tha dekho tumhare sath jo huaa bura huaa but tum kal aaoo, mujhe SP se baat karni paregi vicky ne kaha ok thank you sudha ne bola aur chali gayi agle din fir sudha vicky se milne aayi vicky andar hi baitha tha madam sir to nahi hai aap kal aaeyega uske staff ne kaha sudha chali gayi fir agle din wahi huaa fir sudha thisre din bhi gayi, madam aap daily yaha aa rahi hai aapse sir abhi nahi milenge abhi election ka time hai sir bahut busy hai aap election ke baad aaeye uske staff ne kaha durjoy singh ne tiwari MLA ki story bhi suna di tiwari aur uske bete ne nazre jhuka li mridula aur vicky tum dono ko abhi aur sikhne ki jarurat hai durjoy singh ne kaha aur chale gayi. Tiwari MLA bahut dhyan se aanand ko dekh raha tha bus ab kuchh din hi bache the election hone me sabhi neta log busy ho chuka the aur aanand party ke vice president preeti rawat ke sath railiya par ja raha tha aanand bhi election me poora busy ho gaya tha election to poora state me ho raha tha but har news channel par aanand hi chhaya hua tha kuchh din pahle aapne you tube par ek video dekha hoga jee ha aapne sahi pahchana ye wahi larka hai jisne neta jee ka interview liya tha aur aaj khud neta ban gaya hai lekin kya JSP party ke liye ye ek achcha neta sabit hoga es tarah ki news har channel par sunne ko mil rahi thi at least sabhi railiya khatam huyi aur din aaya election ka, elections huaa kuch din baad aayi faisle ki ghari har party neta matlab sabhi log esi intezaar me the ki kaun election jeetega voto ki counting suru ho chuki thi aanand ke sabhi supporter khusi se chillane lage matlab aanand jee election jeet chuke the waise bhi ye baat sabhi jante the, aanand apni car se durjoy singh ke ghar pahuncha waha TV par sab apni party ki voting dekh rahe the aanand ne room me in karte hi durjoy singh ke pairo ko chhuaa, to ban gaye na tum MLA aakhir sarkari thappa lag hi gaya muskurate huye durjoy singh ne kaha but waha khari mridula ekdam khush nahi dikh rahi thi fir bhi usne aanand ko congrates kiya aur usse hath miliya khush nahi lag rahi ho mridula, aanand ne kaha mai khush hu muskurate huye mridula ne reply diya. JSP party ki ranking to bahut hi achchi hoti ja rahi hai wahi baithe ek netaji ne kaha mai party office jaa rahi hu durjoya singh ne kaha aur apne driver se chalne ka esara kiya aur ha tumlog sab bhi pahuncho waha durjoy singh ne kaha. Sabne ha me reply diya durjoy singh apni car me jaakar baith gaye but unki car start nahi ho rahi thi thori der tak unke driver ne poori kosis ki kya huaa durjoy singh ne kaha lagta hai kuchh problem hai driver ne kaha durjoy singh car se utar gaye kya huaa sir ji aanand ne puchha jo apni car me baithne ja raha tha ye car aanand ko party ki taraf se mili thi jab wo MLA ke post ke liye select ho gaya tha lagta hai meri car kharab ho gayi hai esme banne me kuchh time lagega tum yaha ruko meri car thik ho jayegi tum aa jana mai tumhari car se ja raha hu durjoy singh ne kaha. Ok sir aanand ne jawab diya durjoy singh aanand ki car me baith gaye aur waha se party office ke liye nikal gaye mridula ki mobile ki ghanti baji maine tumhe bola na mere personal number par call mat kiya karo mridula ne us aadmi ko phone par bola maidam call jaruri tha isliye kar raha hu udhar se uss aadmi ne bola jaldi bolo kya bolna hai mridula ne kaha kaam me thora garbar ho gaya hai hamne aanand ki car ki break fail kar di thi but usi car me jakar durjoy sir baith gaye aur vo nikal chuke hai us aadmi ne mridula se kaha mridula ne kuchh nahi kaha call cut kar diya aur turant daur kar bahar nikli aanand wahi khara tha aur gaari ke driver se baat kar raha tha mridula ki phone ki ghanti fir baji usne call uthaya hello maidam sir ka accident ho gaya hai thora afsos ke sath usne call rakha tabhi ek gari bahut high speed me gate se andar aayi maidam sir ka accident ho gaya hai car se nikle sir ke bodyguard ne preeti rawat se kaha. Hum sab waha aakar khare ho gaye kya huaa aanand ne fir puchha sir ka accident ho gaya hai uski baat sunkar sabko ek shock laga kis hospital lekar gaye hai sir ko aanand ne chillakar puchha central city hospital usne kaha har koi apni bike aur car se hospital gaya,, kuchh din baad durjoy sing ki halat thik thi aur vo ghar aa chuke the (JSP) hamari party eleciton jeet chuki thi but durjoy singh abhi bed par lete huye the unka half body paralised ho chuka tha ghar ke bahar hajaro logo ki bhir thi aur ghar ke andar sabhi netao ne waha khare unhe ghere huye thee durjoy hum election jeet chuke hai prity rawat ne kaha unhone sirf haath hila kar react kiya party me Cm kaun banega preety rawat ne dobara kaha durjoy singh ne reply nahi diya preeti rawat ne doctor ki taraf dekha aap sabhi log bahar chale jaeye doctor ne kaha aap sablog bahar jaye preety rawat ne dobara kaha waha khare sabhi log bahar chale gaye aur wait karne lage thori der baad preety rawat room se bahar aayi sabhi waha silent mode me khare the. preety rawat ke hath me paper tha preety rawat ne bolna suri kiya agar ye accident nahi hota to Cm durjoy hi bante but unfortunately aisa nahi huaa isliye party ki meeting me ye decision liya gaya hai ki durjoy jise bolega usse cm banaya jayega to durjoy ne Cm ke liye, sab koi ekdam dhyan se sun rahe the aanand ko chuna hai sabhi log use hi dekhne lage aanand ko khud bharosa nahi ho raha tha. Mai madam jee aanand ne kaha haa tum durjoy ne tumhara naam es paper par likha hai unhone hame paper dikhaya jis par aara tirchha aanand likha huaa tha kisi ko kuchh bolna hai Preety rawat ne puchha kisi ne kuchh jawab nahi diya. Hum sabhi log bahar aaye tiwari MLA abhi tak shock me tha prity rawat ne hath jorkar poori bhir ko namaste kiya hamare upar viswas karne ke liya bahut-bahut dhanyawad preety rawat ne kaha, poori bhir chillane lagi durjoy ki tabiyat thik nahi hai but mujhe pata hai unki tabiyat aap logo ki daya se thik jo jayegi Preeti rawat ne kaha to madam aapko party se Cm kaun banega ek journalist ne puchha es baar durjoy ne aanand ko Cm ke liye chuna hai aanand ka hath uthakar pretti rawat ne kaha poori bhir uska naam sunkar sant ho gayi apne Cm ka swagat nahi karoge aaplog preeti rawat ne bola sabhi logo ne chilla kar aur seeti bajakar aanand ka welcome kiya aanand ne bhi hath jorkar sabko namaste kiya aapko lagta hai maidam ye larka ek achcha cm sabit ho sakta hai ek journalist ne puchha meri party desh ki young generation ki party hai isliye hamne es baar CM ek yuva neta ko chuna hai thank yo very much preety rawat ne kaha aur apne car me baith gayi.

Har channel par aanand chha gaya tha uski biography har channel par dikhayi ja rahi thi karib 10:00 baje wo mere ghar aaya maine darwaja khola aaeye Cm shahab tum to direct Cm ban gaye maine kaha usne ek smile diya aur washroom chala gaya mai baith kar Tv dekh rahi thi wo bahar aaya aur mere pass baith gaya tumhari biography dekh rahi hu maine kaha to kuchh inspiration mila ki nahi usne kaha. Ye kuchh jyada nahi ho raha hai tumhara maine kaha usi waqt raghu ka call aaya kya bro sorry-sorry Cm sahab kya haal hai raghu ne kaha thik hu gopal se thora baat kar le raghu ne kaha bhai Cm bankar humko bhulna mat gopal ne kaha aur thori der usne baat ki ok by bhai gopal ne kaha aur call cut kar diya aur main Tv band kar diya. Sexy lag rahe ho dekhne me maine aanand se kaha aur jakar uske pass baith gayi. Jara dekhu ek Cm ko kiss karke kaisa feel hota hai maine kaha fir mai usee kiss karne lagi aur vo bhi mujhe kiss karne laga. Wait one minute Cm ka kiss to bahut hi tasty hai maine bola aur hasne lagi usne bhi ek smile diya fir kiss karte-karte hum bedreeom chala gaye next morning hum dono ready hokar apne-apne kaam par nikal gaye but jab mai apne office pahunchi to dekha waha bahut hi jyada bhir tha car se utarkar mai pass gayi kya huaa hai maine apne ek staff se puchha jo waha khara tha usne mujhhe saari baat batayi maine turant aanand ko call kiya kaha ho maine puchha mai office me hu. Kuchh huaa hai shahar me pata hai Cm sahab maine bola kya huaa hai usne puchha mere office ke just pass me ek coaching centre hai kal raat yaha ek larki ka rape huaa tha maine kaha abhi wo kaisi hi aanand ne puchha abhi vo larki ICU me bharti hai uski condition bahut critical hai aur yaha coaching me bahut jyada bhir hai larki yahi padhti thi aur bankig ka preparation karti thi isliye yaha sab meeting kar rahe hai study ekdam stop hai maine kaha police nahi aayu hai aanand ne puchha mujhe to yaha kahi nahi dikh rahi hai maine kaha. Usi waqt ek car hamare coaching ke samne aakar rooki us car se mridula bahar aayi lo aa gaya neta log mere bagal me khare ek student ne kaha hello aanand, mridula aayi hai maine usse kaha tum phone speaker par karo aanand ne mujhse kaha maine kar diya ek larki ka rape huaa ye sunkar mujhe bahut dukh huaa mridula ne bola aaj jo samaj me ye sab larkiyo ke sath ho raha hai uske liye kaun responsible hai eske jawab me koi samne nahi aayega chahe sarkar kisi ki bhi ho lekin logo ki soch badalne wali nahi hai aur logo ki soch badalne ke liye hame larna parega aur agar hum sab sath nahi aayenge to esi tarah har din ek nayi larki ka rape hoga aur humlog sab yaha tamasha dekhne ke liye bus khare ho jayenge aaj shaam mai es larki ke sath jo huaa uske virodh me candle march karungi aur aapke dil me jara si bhi aag ho na to aa jana es jagah ek candle lekar mridula ne kaha. Sabne jordar taaliya bajayi bhir waha aur badh gayi thi friends tum sab aaooge mridula ne puchha sabne haa kaha maine be haa kaha uska lecture sunkar mere andar bhi josh aa gaya tha aap sabka intejaar rahega mridula ne kaha aur phir car me baith kar chali gayi. Hello aanand suna bhasan ye mridula ka bhasan tha haa suna maine aanand ne kaha. Tum bhi aana candle march me ok by maine khaha aur phone cut kar diya. Subah se sham tak mai office ke kaam me busy rahi aaj shaam mai jaldi hi ghar jaungi isliye koi meting mat rakhna maine apne secretary se kaha. Ok mam shaam huaa mai bhi coaching gayi coaching me bahunt bhir thi mridula mujhse pahle hi pahunch gayi thi Anjail tum yaha mridula ne kaha jab tum subah bhasan de rahi thi mai yahi thi maine kaha but mai candle lekar nayi aayi hu maine kaha koi baat nahi usne mujhe ek candle diya. Mai edhar-udhar aanand ko dekhne lagi but wo mujhe kahi dikha nahi us larki ki photo ko mridula ne table par rakha aur use phool chadha rahi thi maine aanand ko call kiya waha bhir etni jyada thi ki mai sun nahi paa rahi thi maine phone speaker par kar diya hello aanand kya kar rahe ho maine puchha kuchh nahi aanand ne bahut relax mood me jawab diya abhi humlog uss larki ke liye candle march nikal rahe hai tumhe maine bataya tha na subah maine kaha to usne kaha mujhe ess tarah ke drama me shamil hone ka koi shouk nahi hai aanand ne kaha mujhe pahli baar aanand par gussa aaya tum aise kyu baat kar rahe ho aanand ye tumhe drama lag raha hai tumhe aana hai ki nahi ekdam badal gaye ho tum Cm bankar mai thora gussa ho gayi. Mai yahi par hu mujhse milne to aa hi sakte ho maine kaha thik hai aata hu tumse milne aanand ne kaha aur call cut kar diya. Jab mai pichhe muri to dekha mridula wahi khari thi usne hamari baat sun li aanand ko ye sab drama lag raha hai ab ye Cm ban gaya to ese ye drama lag raha hai pahle to bahut bhasan deta tha etna cheap soch ka hai ye mujhe ekdam malun nahi tha mridula ne kaha. Maine kuchh jawab nahi diya kyuki aanand ki baat sunkar gussa to mujhe bhi aa raha tha ham dono uss larki ke photo ke pass dobara aaye mridula ne waha jal rahi candle se pahla candle jalaya fir sabne bari-bari se waha aakar apna candle jalaya ek candle maine bhi jalaya fir hamne 2 minute ka maun rakha uske liye, just usi time aanand aaya aur mere bagal me khara ho gaya jab hamne aankh khola to dekha aanand sabne dekha Cm sahab aa gaye sabhi log thora shock to huye lekin sabke face ka confidence badh gaya humlog es coaching se lekar poori delhi tak march karenge aur poori delhi ko batayenge ess larki ki takhlif but my friends koi aisa bhi hai hamare beech jise ye sab drama lagta hai mridula ne kaha tum mujhe bol rahi ho wahi se khare aanand ne bold aawaj me kaha, indirectly roop se jo tum mujhe bol rahi ho direct bolo na aanand ne kaha maine kaha ye ek drama hai kyu kaha yahi tum janna chahti ho na aanand thora gusse me aa gaya tha aur mahaul poora intense ho gaya sabke hath me candle tha jo jal raha tha rape huaa na ess larki ka aanand ne bolna suru kiya kya hota hai rape malum hai, ek larki ke sath bina uski marji ke sex kar liya to ho gaya rape aa gaye sab hath me candle lekar thik sirf yahi hota hai rape to dowry kya hota hai vo rape nahi hota hai vo bhi to rape hai paisa se kiya gaya rape uska kya aanand mridula ko hi dekhkar ke bol raha tha usme tumhare andar aag nahi lagta hai aag tabhi lagta hai na jab koi sex kar leta hai mirchi tabhi lagti hai jab koi tumhara hath pakar le koi comment mar de koi pyar karne ke liye pareshan kare tab candle march karo kanoon banaoo sarkar ko gali do tab mirchi kyu nahi lagti hai jab baap bolta hai beti jaha hum bol enge wahi shadi karna hai tabh mirchi kyu nahi lagti hai jab bhai bolta hai di ek glass pani do na jabki wo lekar pee sakta hai jab bhai bolta hia apna FB ka password bataoo tum mobile par kisse baat Kar rahi ho tab candle march kyu nahi hota hai jab pati bolta hai jab baby bara ho jayega tab tum job join karna. Kanun to in baap aur bhaeyo par bhi banna chahiye aur ab tum bahar jakar sarkar ko gali dena thik, sarkar kya bol rahi hai jaoo rape karo, dowry lo, ye sarkar bol rahi hai tum khud karte ho, 2 second shant rahne ke baad aanand ne fir bolna suri kiya ye jo bahar hota hai na rape se lekar comment tak ye to sirf reaction hai asli action to ghar me hota hai waha to tum kuchh bologi nahi waha to tum candle march karogi nahi aur ye march karne tum jaa kiske sath rahi ho enlogo ke sath aanand ne ek juthi smile dekar kaha enme se 90% peresent logo ne apni life me kisi se pyaar nahi kiya hoga aur 90 present log dowry lenge ya fir lete huye dekenge ye log candle jalayenge. Tumhe lagta hai tumne kya kaha tha yad hai dil me lage aag se candle jalana aag kya ek chinggari bhi nahi hai enke dil me aur jis din yaha tum pyaar karna wale aur paise lekar ghar ke andar rape karnae wale jise dowry kahte wo es bhir me na ho na tab mai aaunga candle march karne aur tab ye ek drama nahi hoga ek sachchi shradhanjali hogi aanand ne us larki ki photo ke taraf ungali dikhate huye kaha. Ye aanand ki last line thi sabhi logo ke candle ka size chota ho gaya tha aanand gusse me bahar chala gaya mai bhi uske phichhe-pichhe chali gayi. Aanand stop maine akhir vo ruk gaya. Meri car yahi khari hai maine aanand se kaha hum dono car me baith gaye maine car start ki aur hum ek ice cream shop pahunche. Maine 1 ice cream order kiya tum yaha ice cream khane aayi ho aanand ne kaha tumhara dimaag garm hai to socha thanda kar du waiter ice cream laya hamme ice cream khana suru kiya. Janti ho india ka problem kya hai yaha log wait karte hai ki rape hone do bhayanak sa tab hum kuchh bolenge jab tak koi kand nahi hota hai na tab tak log chup rahte hai aur jab ho jata hai tab candle march karte hai aur jakar so jate hai ye rape karne wale dowry lene wale harrasment karne wale kaha se aate hai mars se to aate hai nahi hai, hamare hi baap bhai, beta ya fir pati hote hai aanand ne kaha mere ice cream khatam ho gaya but uska lecture nahi bill dekar hum bahar aaye apne ghar walo ko koi larki sudharna nahi chahti hai bus sabko larko ko road par sudharna hai aanand bole ja raha tha maine use kiss kiya aur karti gayi control baby kisi ko nahi sudharna hai to esme hum kya kar sakte hai maine kiss ke baad kaha. Etna pyaar se aaj tak humko koi nahi chup karaya tha aanand me muskurate huaa kaha.

Agle din aanand ne ek press conference rakha. Sabhi reporter Journalist aa gaye hai sir aanand ko uske PA na kaha. Aanand press conference me gaya aur apni jagah baith gaya sir kal delhi me jo rape huaa tha usko lekar aapne bhasan diya lekin bhasan dene se problem khatam to nahi hoga na aap eske liye kya koi naya kanun bana rahe hai kyuki hum logo ke sudharne ka wait to nahi kar sakte hai na ek journalist ne ek labma sawal puchha. Maine kal raat bahut socha ki kya kanun banaya jaye kyuki pahle se hi bahut sare kanun bane huye hai maine jo kanun banaya hai wo thora alag hai humlog ek sarkari form nikal rahe hai jiska naam love form hai ess form ko bharne ke baaad hi parks me couples ghum sakte hai agar ek larka ek larki se flirt karta hai to form flirt ka hoga aur pyar karta hai to form pyaar ka hoga flirt wale form me aap GF/BF ban sakte hai jiska matlab mauj masti aur sex hoga aur pyaar wale form me agar aap kisi se pyaar karte hai to apko shadi karni paregi nahi to 5 sall ki saja hogi aanand ne kaha. Ye kaise rule hai sir ek journalist ne puchha aap jante hai hamare desh ka problem kya hai aanand ne journalist se puchha usne kuchh reply nahi diya problem aurat nahi hai problem sex hai har aadmi sochta hai ki sex ek ganda kaam hai aur yahi se sari problems suru hoti hai poori duniya me larko ko ek serious bimari hai jante hai wo bimari kya hai lakre sochte hai jo larki uske sath so jaye vo randi aur na soye to ghamandi bus yahi soch badalna hai isliiye ye kanun banana jaruri hai ye sare form online hai ese bharne ke baad aapko ek number milega jo aapke mobile me rahega Bina es number ke, love, sex ya romance karte mile to police action legi. Thank you very much aanand ne kaha aur press conference khatam huaa sir last sawal ek lady journalist ne bola, kya? aanand ne puchha aapka anjali se kya conncetion hai girl friend ka ya fir lover ka usne puchha ye kanun ka ek aur condition aapki privacy block rahegi aanand ne kaha ese sirf court dekh sakta hai jab iski jarurat hogi thankyou aannad ne kaha aur chala gaya ab har TV channel par ye news chha gaya tha, kya sarkar ka ye decision sahi hai agar aapko sahi lagta hai to support government par like kare. Har channel par esko lekar debate suru ho gaya kya esse rape rukega, ye samaj ko bhogi banana chahta hai bhari virod ke baad bhi ye kanun bana diya gaya bina love / flirt number ke park me, hotels me entries band ho gayi.

Mai aur aanand ghar me the chalo thora apne kanun ko dekhta hu ki kya asar ho raha hai eska society me aanand ne mujhse kaha aur hum dono nikal pare apne chehre ka makeup karke taki hame koi pahchan nahi paye. Hum ek restorent gaye ek table par ek couple baitha tha tumne abhi mujhe etna urgent kyu bulaya larki ne larke se puchha dekho mai tumhe reality batane aaya hu mai daily-daily tumhe jhuth nahi bol sakta hu mai tumse pyaar nahi karta hu isliye pyaar wala form nahi bhar sakta hu because mai tumhare sath sirf flirt kar raha tha uss larke ne larki se kaha sorry larke ne bola aur chala gaya.

Scene no 2 phir wahi ek larka aur larki aayi mai pahli baar kisi larki ko date kar raha hu us larke ne kaha I like you very much and i love you ek ring pahnate huye usne kaha. Ok ok thik hai pahle tum ek baat bataoo tum etne din office kyu nahi aaye aur tumhe pata hai ek naya law bana hai uss larki ne kaha. Kanun kaun so usne ek smile dete huye kaha ye pyaar ka form hai mobile dikhate huye uss larki ne kaha agar pyaar karte ho to ye form bharna parega aur agar aage chalkar shadi nahi kiye to 5 saal ke liye jail jana parega uss larki ne kaha, bolo tum chup Kyu ho matlab pyaar nahi karte ho sirf girl friend banana chahte ho larki ne kaha aisa nahi hai larke na kaha aisa hi hai mai bhi tumhe sirf boy friend hi banana chahti hu larki ne kaha larke ne muskura diya. Fir hum wapas ghar chale gaye darwaja khol kar mai kamre ke andar gayi mai fresh hokar aati hu maine kaha aanand baith gaya aur newspaper padhne laga tum ye kaise kanun bana rahe ho esse kuchh fayda hoga kya maine washroom se bahar nikalte huye bola. Log raomance karna bhul gaye hai unhe yahi sikhana hai aanand ne kaha to tumhe romance karna aata hai maine kaha aanand ne mera hath pakarke apni or khicha mai to bus ye chahta hu ki log jhuta pyaar nahi kare mere ekdam pass aakar usne bola mere sath romance nahi karoge maine kaha chalo kuchh naya try karte hai aanand ne kaha ok maine kaha usne mujhe kaha straight khara ho jaoo aur usne mera hath pichhe karke meri t - shirt kholke halke se band di phir usne apna t - shirt kholke apna hath bhi bhand liya lekin halke se bandha agar tum kash ke khichoge to hath khul jayega usne kaha ab humlog kiss karnege dekhta hu kaun pahle apna hath khol deta hai kiske andar kitna romance control karne ka capacity hai aanand ne kaha. Fir humne kiss karna start kiya aur fir karte gaye karte gaye lekin pahle maine hi hath khol diya aur use kiss karne lagi fir usne bhi apna hath khol diya achcha ek baat bataoo maine kaha vo chand dikh raha hai khirki ke bahar maine kaha vo jyada beautiful hai ya mai, tum kya har larki chand jaisi beautiful hoti hai. Kaise maine kaha dekho jaise chand har size me beautiful lagta hai usi taraf har larki har rishte me chahe wo maa ka ho bahan ho bibi ka ho har riste ko beautiful bana deti hai aanand ne kaha ye sab dialouge ratta mar ke aaye ho maine kaha. Tumhe dekh kar nikal raha hai fir hum bedreeom ke bed par gaya aur.......

Aaj kal mai news bahut dekhne lagi hu, subah-subah maine TV on kiya aur baith gayi news lagake har jagah dharmik sangathan Cm ke duara liye gaye faisle "love ka license" ka virod ho raha hai news channel ki anker bol rahi thi to chaliye hum baat karte hai yaha present kisi dal ke karykarta se hello aap Cm ke es decision ka virod kyu kar rahe hai anker ne puchha. Dekhiye aise log hamare desh ki sanskriti ke liye bahut bara khatra hai ye samaj ko sex ki or dhakel raha hai aur hame ye ekdam accept nahi hai us aadmi ne kaha to jaise ki aap dekh rahe hai lagbhag har dal CM ke es faisle ka virod kar raha hai aur ye line jo esne kaha aapko repeat har jagah sunne ko milega ye log Cm ko ayyas bhogi aur na jane kya-kya kah kar bula rahe hai aur aaj vidhansabha me cm ko es kanun ke baare me vipaksh ko jawab dena hai. Mai smriti jha news live se sidhe aapko vidansabha ka haal bataungi tab tak aap hamare sath jure rahe vidhan sabha suru hone wali thi sabhi MLA baithe huye the sabse pahle bolne ke liye opposition ke netaji khare huye aaj kal bahut ajib type ke kanun hamare state me lagu kiya ja rahe hai to mai chahta hu ki hamare honourable CM sahab jara eske baare me hame bataye ki esse kya fayda huaa neta jee ne kaha aur baith gaye mam mai pahle hi es kanun ko lekar bahut safayi de chuka hu ab mai ek naya law banane ja raha hu use mai sabke beech rakhna chahunga. Maine socha hai ki bachcho ko sex education diya jaye aanand ne kaha aanand ke party ke saare MLA ne table par hath mar kar support kiya lekin opposition wale ne virod achchha to bachho ko kya padhaeye ga sex education me opposition ke ek nata ne puchha. Ham bachcho ko batayenge ki sex is a normal feeling what is masturbation jhuta pyaar karna galat hai eske karan hi divorce hota hai mam comment karne wale, rape karne wale dowry lene wale mars se nahi aate hai hamare aur aapke beech se hi aate hai so inhe bachpan se hi es bare me bataya jayega tabhi vo larke achche banege aur larkiyo ka soch independent hoga aanand ne kaha. Wah kya baat hai bolte huye opposition ke netaji khare ho gaye madam jee jab se ye netaji ne aanand ki or esara kiya state ke CM bane hai state me aashiki kuchh badh si gayi hai opposition ke netao ne table thok kar support kiya ab hum apni sanskriti chhor kar sarko par chumma chati kare ye CM sahab hame sikha rahe hai. Pyaar ka form ye kya hota hai bhai aur agar aapko sex karna hai to clear boliye ye rules hai CM jee ka ye agar 10 saal CM ban gaye na to poora ka poora sahar kotha ban jayega. Ab ye kah rahe hai bachcho ko sex education diya jayega aanand chup chap sun raha tha mujhe to ye samaj me nahi aata hai ki ye education diya kaise jayega mujhe to bachpan me sex education nahi mila to kya mai rape kar raha hu. Just imagine teacher bachcho ko kaise padhayenge paint kholkar dikhayenge dekho esse bachha padia hota hai poore action karte huye netaji ne bola. Neta log hasne lage aur aanand ne bhi muskura diya. Ye sab bekar ke idea enke dimag me aata kaha se hai madam jee aaj subah hi maine whats aap par ek mast joke padha joke thora adult hai eske liye mai pahle hi sorry bolta hu pahle students school me story aur poems padhte thee to unka dil khush ho jata tha aur ab sex education padhenge to unka khara ho jayega neta ji ne bola sare oppositino ke neta table pitne lage aanand ne kuchh reply nahi diya.

Agle din mujhe aur aanand dono ko women's day ke liye women's wellfare society ki taraf se invite kiya gaya. Mai pahunch chuki thi lekin aanand abhi tak nahi aaya tha. Maine usse call kiya aanand aa rahe ho ki nahi mai pahunch gaya hu call rakho aanand ne kaha aanand ke entry marte hi sabhi log khare ho gaye ab hamare beech respectable CM ka aagman ho chuka hai so jordar taliyo se unka swagat kare anker ne kaha. Mai aanand aur district calactor teeno stage par lagi chair par baithe thee ab hamare samne ek chota sa student aayega jo abhi nursery me padhta hai wo hame ek english ka poem sunayga fir uske baad CM sir 2 shabd hamare beech rakhenge anker ne kaha ek chhota bachcha aaya mike pakre huye good morning everybody I am going to tell a poem to all usne kaha aur poetry sunna suru kiya. Jonny

jonny yes papa eating sugar no papa fir wo ruk gaya aur sochne laga. Telling lie no papa DM sahab jo mere bagal me baithe the unhone kaha. Bachcha ghum kar DM sahab ko dekhne laga aapko aata hai us bachhe ne puchha ha aata hai DM ne kaha to aaeye aaphi boliye mai chala jata hu bachche ne kaha sabhi log hasne lage mai to tumhe bata raha tha DM ne kaha. Sochne to dijiye mujhe us bachche ne kaha usne phir bolna suru kiya jonny jonny yes papa eating sugar no papa jai Hind jai bharat phir sab hasne lage beta aapne to aadha hi sunaya DM ne fir kaha mam hi boli thi bhul jayega to jai hind jai bharat bol dena ab galti to insaan se hi na hoti hai us bachche ne dobara kaha sab hasne lage fir wo bachcha chala gaya. Hamare programmes me es bachche ka poem miss ho gaya tha isliye usne abhi sunaya ab hamare beech CM sahab 2 shabd bolege us anker ne kaha aanand khara huaa aur mike ke pass gaya sabhi ne taliya bajayi usne bolna suru kiya good morning ladies and gentle man aaj subah jab maine what's aap open kiya na to bahut sare message aaye the happy women's day mujhe ye message samaj nahi aaya aaj koi khusi ka din hai kya, aaj kya aurto ki khoj huyi thi. Aaj to sharm ka din hai ki hame ye din manana parta hai sochiye agar koi mars planet se yaha aata hai to hum unhe kya bolenge aaj women's day hai humlog na aurato ka rape karte hai. Dowry lete hai isliye aaj hum women's day manate hai ye kahenge Kya, aaj na to khusi ka din hai aur na hi gam ka din hai aaj sochne ka din hai ki hum aisa kyu hai mahaul ko jyada intense mat kariya mai aapko ek joke sunata hu agar koi larki aapki baat 5 minute me maan jati hai to wo aapki maa hai agar 15 mintue me manti hai to wo bahan hai agar 30 minute me to vo apki beti hai but vah aapke baar baar bolne par bhi kuchh na samjhe to vo kaun hai. Vo bahri hai ab har baat me bibi ko beech me lana sahi nahi hai yaar joke sunkar sab hasne lage ab ek aur sunata hu ma ne ungali ke esare se bete ko bulaya beta: bolo kya kaam hai. maa: kuchh nahi bus ungali ki takat check kar rahi thi. koi nahi hasa maine pahla joke sunaya aap hase doosra sunaya aap nahi hase kyuki pahla wala joke wife par tha matlab pahla joke par aapko hashi aa gayi doosre par nahi aayi kyuki doosra maa par tha doosri bhi wife par hi thi but maine waha patni ke jagah par maa diya tha maa ki respect humlog dil se karte hai. Hasi nahi aayegi but bibi par hum hasna nahi bhi chahenge na to hasi aa hi jayegi kyuki wife ka majak urana hamare DNA me ghus gaya hai. Khud ba khud hasi aa jati hai aur hame yahi mitana hai logo ne taliya bajayi jante hai problem aurat nahi hai problem sex hai log ne sex ko hi ganda kaam mante hai but usme maja hai isliye aapko duniya ke har kone me kotha mil jayega aur duniya ke har kone me aurato ke liye ek niyam mil jayega maine apne teenage me ek word suna tha larkiya ko patana sawal hai ki hum larkiyo ko patate kyu hai har larka bhar me bahut sex baji karega ya fir karne ki chahat rakhega aur ghar me larkiya ke sex par ban laga kar rakhega aur shikhayega mat karna ye kaam ganda kaam hai. But yahi larka jab ghar se bahar niklega to fir sex baji karna hai enko kiske sath kare kyuki har larki ko ghar me ye sikha diya gaya hai ye ganda kaam hai tab ye larkiya pataygo aur larkiyo ko bhi sex ke liye pyaar naam ka bahana chahiye har shampoo company ek hi shanpoo banati hai isliye unhe customers ko patana parta hai like this way larke apne ghar ki larkiyo ko ek hi baat sikhata hai isliye unhe patana parta hai sex karne ke liye understanding ki jarurat hai pahle aap sex ko achchi chij maniye to sahi har koi ko sex se hi problem hai chahe vo achchha aadmi ho ya phir boora aadmi ho mujhe to kabhi-kabhi ye lagta hai ki dharmo se achcha to condom hai aurato ke liye Kam se kam apni marji se maa banne ka right to deta hai dharmo ne aurato ko diya kya hai sabne taliya bajayi thank you very much aanand ne bola aur hum dono waha se chale gaye.

Agil subah mai sokar uthi maine news dekhne ke liye TV on kiya news me aanand ka ghar tha aur uske charo or bhir jama thi aaj sab dharmik organization CM ke ghar ke aage protest karenge bahut dino se hi ye CM ka virod kar rahe the but kal CM ne jo condom wali baat dharm se jorkar bola uske virod me sare dharmik organization aur aam log bhi unke ghar ke aage khare hai jaisa ki aap dekh rahe hai dharmik organization har bar virod karta tha lekin ess baar aam logo ko bhi unki condom wali baat pasand nahi aayi. News live ke sath bane rahiye mai neha gupta aapko har pal ki khabar deti rahungi. Abhi-abhi hame pata chala hai ki CM ne ek tweet kiya hai ki wo love lisense wala rule wapas le rahe hai lekin condom par kahi gayi apni baat espar vo sorry nahi bologene to chaliye jante ki es tweet ke baad logo ka kya reaction hai anker ek aadmi ke pass gayi aur usne usse ek sawal puchha CM ne abhi tweet kiya ki vo apna kanun wapas lenge but apne baat par kayam rahenge jo unhone kal kaha tha aapka eske baare me kya vichaar hai? dekhiye hame apni sanskriti par garv karna chahiye aur ye west ka cultural hame nahi chahiye kabhi ye CM bolte hai love ka form bharo. Kabhi bolte hai bachcho ko sex education do ye CM khud hi hawsi aadmi hai aur eske duara wo kanun wapas lena achchi baat hai ki unhe akal aa gayi us aadmi ne kaha logo ke andar gussa badhta ja raha hai pressure me aakra CM ne apna faisla wapas le liya maine TV band kar diya aur aanand ko call kiya hello aanand tumne apna rule wapas le liya. Maine kaha maine rule banaya hi tha wapas lene ke liye aanand ne kaha matlab mai janta tha political parties ko ye rule pasand nahi aane wala hai aur vo ese wapas lene ko kahenge mai to bus is rule ko logo ko dimag me dalna chahta tha jo ja chuka hai aanand ne kaha. Vah kya baat hai Mr. aanand lagta ha tumhare andar priya ka bhut chad chuka hai politicis wala main kaha.

Hi, Mridula ne vicky se hath milate huye kaha tumne abhi mujhe bulaya kya baat hai. Tabhi tiwari MLA bhi washroom se waha hajir huye papa ko bhi tumne bulaya hai vicky ne kaha ek meeting karna hai tumlogo ke sath isliye tumhe bulaya hai tiwari MLA ne table par rakhi chay sabse pahle uthayi. Meeting kis bare me hai chay ka cup uthate huye vicky ne kaha jab aanand mere sath politics me aaya tha na tab maine socha bhi na tha ki ye CM ban jayega mere niche kam karta tha wo, jis women's welfare society me mai kabhi jaya karti thi kal waha uske aane par mujhe khara hona para. Kuchh karna parega eska mridula ne kaha kya kar sakte hai vo to CM ban gaya hai vicky ne kaha etne din mai chup thi kyu jante ho ek lambi sans lete huye mridula ne kaha? tiwari jee chup chap chay pee rahe the maie sahi time ka wait kar rahi thi kal ke aanand ke lecture se vivad paida ho chuka hai aur hamara kaam sirf esme aag lagana hai mridula ne kaha. Mai samajh gaya ki mujhe kya karna hai tiwari MLA ne kaha kuchh organization hi eska virod kar rahe hai aur waise bhi usne apna rule wapas le liya hai vicky ne chay ka cup rakhte huya. Kaha tum america me rahe ho na tumhe pata nahi hai Indians ke baare ma. Maine politics yahi se sikha hai mridula ne kaha tiwari ne ek kamina pan wala smile diya kaun neta bolta hai dowry lo ye log khud lete hai aur dete hai aanand jitni bhi baat bol raha hai sab sahi hai but ye aadmi log khud chutiya hai isliye inhe chutiya banaoo aur inpar raaj karo samjhe. Maine ye meeting kyu bulaya hai mridula ne kaha maine america ke college me ghas nahi chhilta tha sab samaj gaya vicky ne kaha ab tak me tiwari MLA 2 cup chay khatam kar chuka tha but aanand ko fasane ke liye plan kya hai tiwari MLA ne puchha rupa mridula ne kaha room se ek larki bahar nikli vicky aur tiwari ne us larki ko dekha aur muskuraya.

Aanand kaha hai Maine phone par aanand se puchha mai abhi office ma hu aur ghar ke liya nikal raha hu kyu aanand ne puchha mridula ke ghar me chhoti si party hai aur mai usi me ja rahi hu to tum aaooge kya maine puchha mridula ne mujhe bola tha but aaj bahut important kaam hai mujhe aanand ne kaha. Ok by maine kaha aur call cut kar diya aanand car me baith gaya aur ghar jane laga beech raaste me baarish hone lagi abhi vah thori door hi pahuncha tha ki ek larki road par khari lift mang rahi thi usne gari rokne ke liye hath dikhaya aanand ne gari rok di aur aanand ne window open kiya kya aap mujhe thori door lift de sakte hai us larki ne kaha thik hai baitho aanand ne kaha wo larki aanand ke bagal me baith gayi aanand ne car start ki aap aanand hai kya us larki ne kaha ha aanand ne kaha I can't belive that ki mai CM ke sath baithi huyi hu but aap kyu car drive kar rahe hai us larki ne puchha aaj 2 oct hai sabhi staff ka holiday hai so I am driving. Vaise tumko jana kaha hai aanand ne puchha mai yaha apni frined ki birthday party me aayi thi aur wapas ghar ja rahi thi esi beech baarish suru ho gaya mera mobile bhi swithch off ho gaya hai to maine socha ki mai lift le lu lekin mujhe kya pata tha mujhe lift CM ke car me mil jayega us larki ne khushi se kaha mujhe to apne ghar jana hai lekin ab soch rahi hu ki aapke sath ek coffee to banti hai us larki ne kaha. Ok to mai apni car apne ghar ki taraf ghuma leta hu, car CM ke bunglow ke pass aakar rooki body guard ne darwaza khola aur car ke sath dono bunglow ke andar pahunche aaoo aanand ne us larki se kaha dono room ke andar chale gaye baitho mai tumhare liye coffee banata hu aanand ne kaha mai change kaha karu us larki ne puchha aanand ne use ek room ki taraf esara kiya mai bhi thora fresh hokar aata hu aanand ne kaha aur washroom chala gaya vo larki aanand ke bedroom gayi aur waha usne camera fit kiya ek flower pot me aur roomal se uske upar bane fingerprint ko saaf kar diya aur dress change karke wapas bahar aayi aanand bhi washroom se bahar nikla tum baitho mai tumhare liye coffee banata hu fir mai tumhe ghar drop kar dunga aao baitho sir mai banati hu us larki ne kaha tum meri guest ho aanand ne kaha koi baat nahi usne kaha aur kitchen chali gayi usne coffee banaya aur usme nashe ki tablet mila di aur 2 cup coffee lekar ke aayi ek cup aanand ne uthaya aur doosra us larki ne tumne abhi tak apna naam nahi bataya aanand ne puchha mera naam roopa hai uss larki ne kaha aanand ne chay peena shuru ki mai apne poori life me kabhi nahi bhulungi ki maine CM ke sath cofffee pee aur aap bhi nahi bhulenge ki aapne mere sath coffee pi roopa ne bola matlab mai samjha nahi coffee ka cup rakhte huye aanand ne kaha uski aankhe bhari hone lagi roopa ne use uthaya aur bedroom me le gayi aur aadhi neend ki halat me uske sath ek mms banaya.

Mai apne office me ek presentation par meeting kar rahi thi Excuse me mam meri secretary ne kaha mam 1 minute usne kaha mai uske pass gayi mam kuchh news aa raha hai mam apne dekha abhi tak usne kaha aur ek news channel on kiya ek larki ne lagaya CM par harasment ka eljam es larki ka kahna hai ki kal raat enhe CM ne lift diya aur apne ghar le gaye aur waha par CM ne enke sath rape kiya aur MMS bhi banaya news anker ne kaha opposition ka es bare me kya rukh hai chaliye dekhte hai sir aap es ghatna ke baare me kya kahna chahenge dekhiya ye insan hawsi hai aur ese nanga pan pasand hai aur hum to suru se hi kahte aaye the, netaji ne kaha sir aap hamesha esi line ko repeat kyu karte hai reporter ne kaha ye meeting ab kal hogi thik mai jaa rahi hu maiine apne secretary se kaha aur turant aanand ke ghar pahunchi maine use bahut baar call kiya but usne call receive nahi kiya ghar ke bahar bahut bhir thi log aanand ke khilaf naare laga rahe the bahut jayada police waha uske ghar ke bahar khari thi fir mere mobile me aanand ka call aaya hello aanand ye ho kya raha hai maine kaha kal raat maine ek larki ko lift di thi ab wo mujhe kyu fasa rahi hai pata nahi usne kaha commissioner sahab mujhe arrest karne aaye hai aanand ne kaha aur call cut kar diya. Aanand police ke sath apne ghar se bahar nikla, sir, sir ek sawal ek reporter ne puchha aanand rook gaya sir kya aapne rape kiya hai nahi mujhe fasaya gaya hai aanand ne kaha to sir kya aap naitikrup se apne post se resign karenge reporter ne puchha maine apna resignation governor ko bhej diya hai aanand ne kaha aur police ke sath chala gaya mai khari dekhti rahi.

Party office ke aage bahut bhir lagi huyi thi. Mam bahar bahut bhir hai aanand ke lekar bahut sare journalist baat karna chahte hai mridula ne party vice President preety rawat se bola. Pahle humlog apni meeting karle uske baad media se baat karegne saare neta log aa chuke hai preety rawat ne bola. Ha aa chuke hai maine bola fir hum dono meeting hall me gaye madam ji maine aapko pahle hi kaha tha es larke par bharosa mat kariye lekin aap mani nahi tiwari MLA ne kaha tiwari jee jaruri nahi hai ki aanand ne aisa kiya ho, Ho sakta hai kisi ne use fasane ki kosis ki ho. Mridula ne kaha bahar media khari hai aur aanand ne resign bhi de diya hai aaplogo ki kya raay hai preeti rawat ne sabhi neta logo se puchha. Media ko to kuchh bhi bol ke tala ja sakta hai lekin ab sawal ye hai ki agla Cm hum kise banayenge tiwari MLA ne kaha jab tak aanand ke upar se ye aarop nahi hat jata tab tak agli CM mridula rahegi preety rawat ne kaha. Mridula ke face par ek smile aa gayi sabhi netao ne suna lekin kisi ne koi virodh nahi kiya, thik hai madam jee tiwari MLA ne kaha mridula ke sath preeti rawat bahar aa gayi madam kya CM ke upar jo aarop laga hai wo sahi hai abhi sirf uske upar aarop laga hai ahhi ye saabit nahi huaa hai aur waise bhi usne naitikta ke aadhar par resign to de hi di diya hai preety rawat ne kaha, To madam ab CM kaun banega reporter ne puchha mridula hai agli CM preety rawat ne kaha aur jane lagi. Reporters one question please bolte rahe sabhi log waha se chale gaye party office me sirf 3 log hi bache tiwari MLA vicky aur mridula tumhe kaise pata tha ki CM tumhi ko banaya jayega vicky ne mridula se kaha aanand par ek larki ne aarop lagaya hai isliye situation ko bhunane ke liye ek aurat ko CM banana bahut jaruri hai kyuki esse janta ke beech ye baat jayegi ki hamari party aurato ke sath hai samjhe Mr vicky mridula ne kaha. You are genius vicky ne kaha aur tiwari waha khara muskura raha tha ab agla plan kya hai vicky ne mridula se puchha. Tiwari jee aapne apna kaam kiya mridula ne puchha maine paratap SP ki posting karwa di hai wo hamara kaam kar dega tiwari MLA ne kaha to bulaeye use mridula ne kaha niche hi duty de raha hai tiwari MLA ne bola aur use call kiya SP pratap upar aaya. Kya haal hai pratap sahab mridula ne kaha mai to thik hi hu bahut saal se aap SP hi hai apna promotion nahi karwana chahte hai kya mridula ne kaha. Madam jee kaand kya karna hai SP ne kaha CM ko marwana hai mridula ne kaha plan kya hai SP ne puchha tum pagal ho gayi ho kya use marwane ki kya jarurat hai bahut bara issue ho jayega vicky ne kaha. Tumhe kya lagta hai ye sabit ho jayega ki aanand ne rape kiya hai vo chhut kar fir se bahar aa jayega aur mai tabhi tak CM rahungi jab tak aanand ke upar aarop hai isliye use marwana parega mridula ne kaha usee marega kaun tiwari MLA ne puchha usee bhir maregi jis par koi case nahi hoga mridula ne kaha kal jab wo court se sunwayi ke baad bahar niklega tab tum SP aanand ke sath rahna uske baad mere log tumhe esara denge aur tum sirf ek mauka dena, jab mere log use maarne lage na to poori bhir hi use maar degi samaj gaye mridula ne kaha ok madam jee SP ne jawab diya agle din mai court gayi sabhi party ke log court me the aur security bahut tight thi us larki ka vakil khara huaa myload ye aadmi jisko poora state janta hai hamare CM sahab usne es aam larki ko jiska naam rupa hai uske sath rape kiya hai es baat ko prove karne ke liye mere pass medical reports hai vakil ne kaha aur judge ko diya aanand aur Roopa dono katghare me khare thee judge sahab dhyan se report dekhne lage ab aanand ka wakil khara huaa mere client par lagaya gaya aarop ekdam galat aur jhuta hai jab koi larka suddenly CM ban jaye to party me bahut logo ko jalan huee hogi usme se kisi ne inhe fasaya hoga aanand ke vakil ne puchha agar apki permission ho to mai rupa jee se kuchh sawal puchhna chahta hu aanand ke wakil ne kaha. Proceed judge ne kaha to miss rupa etni raat ko app highway par kya kar rahi thi wakil ne puchha mai waha taxi ka wait kar rahi thi matlab mai apne friend ke ghar se wapas aayi thi us larki ne kaha raat ke 10 baje aap highway par taxi ka wait karti hai aur aapko taxi nahi milti hai aur samne se ek car dikhti hai jisme ek larka baitha hai aur aap usse lift le leti hai vah kya baat hai judge sahab koi larki raat me kisi ajnabi se lift kyu legi simple si baat hai ye ek poori tarah banaya gaya prepaid plan tha aur uske baad kya huaa wakil ne dobara puchha maine lift nahi manga tha inhone hi mujhe offer kiya tha maine jab dekha ki CM sahab car me hai to mai mana nahi kar saki lekin jab ghar pahunch kar maine coffee pi to uske baad mai direct subah uthi mere body par ek bhi kapre nahi the itna kahkar rupa rone lagi. Mr aanand aapko apni safayi me kuchh bolna hai ki tumne larkiyo ke liye etna kuchh karne ka risk uthaya aur ek larki ne hi tumpar aarop laga diya judge ne aanand se puchha mujh par ek larki aarop lagati to jarur dukh hota but mere upar ek larki ne aarop nahi lagaya hai hamare desh me larkiya hai hi kaha inlogo ka sirf sharir (body) larkiyo ka hai man (dimag) to larka wala hi hai jaise larke sochte hai waisa hi ye larkiya sochti hai isliye mujhe ekdam dukh nahi hai aanand ne kaha judge ne muskura diya case ki sunwayi yahi khatam hoti hai judge ne kaha aur agli sunwayi ke liye judge ne ek date diya sabhi log bahar jane lage.

Hello SP ready ho jaoo mere larke black shirt me honge mera ek aadmi juta marega tab tum aanand ko chhor dena kisi bhi tarah ye kaam ho jana chahiye nahi to hum sab jail jayenge samjhe mridula ne kaha. Aanand ke bahar nikalte hi sabhi log chillane lage hawsi aadmi aur bahut kuchh, black shirt pahne huye aadmiyo ko sp ne aanand ke pass aane diya tabhi kisi ne fek kar aanand ko ek juta mara ye signal tha SP ke liye SP ne aanand ka hath chhor diya log aanand ko marne lage ek dam bekabu ho gaye mai wahi thi lekin kuchh kar nahi pa rahi thi charo taraf afra-tafri mach gayi. Police bhir ko sambhal nahi paa rahi thi mai kisi tarah aanand ke pass gyai use bachane ki kosis karne lagi lekin mai bacha nahi saki at last police ne firing ki sari bhir ek side jakar khari ho gayi aur mai waha aanand ke pass hi khari rahi aur police force waha aa gayi ek officer aaye aur usne aanand ke naak ke pass ungali rahi sir ye mar chuka hai usne kaha thik huaa aise aadmi ko mar hi jana chahiye bhir se ek aadmi ne chilla kar kaha mai andar se rone lagi. Ha ha ye ek ghatiya aadmi tha bhir se kuchh logo ne chilla kar bola apni aansuoo ko rokte huye maine bola sahi, sahi kaha aap logo ne ye bahut ghatiya aadmi tha bahut besharm bhi tha sirf sex ki baate karta tha esne kaha ki bina shaadi aur pyaar ke bhi sex kiya ja sakta hai isliye ye bahut besarm tha lekin puri duniya me etna randi khana hai lekin hame sharm nahi lagta hai hum dowry lete hai hame sharm nahi lagta hai. Rape karte hai hame sharm nahi lagta hai chhup kar pyaar karte hai sharm nahi lagta hai. Pyaar ke naam par sex karte hai sharm nahi lagta hai aur hum ghatiya insaan bhi nahi hai lekin agar koi sex ki baat kar de to wo ghatiya ho gaya wo besharm ho gaya wah kya baat hai sabhi log chup chap mera bhasan sun rahe the. Thik kiya tumlogo ne maar diya ese aise aadmi ko mar hi jana chahiye mar gaya hai jaoo apne ghar aaram se dowry lena, aarange marriage karna, breakup karwana divorce-divorce khelna kitne sharmila ho tum aur achche bhi maine kaha aur wahi baith gayi aanand ke pass chup chap.....

CONCLUTION

Bharat me agar women harassment ki baat ki jaye to sabse pahla term jo use hota hai uska naam rape hai hame aur kisi bhi cheej me harassment ka wo level nahi dikhta hai jo hame rape me dikhta hai. Chuki hum sab sex ko lekar ek vikrit ya fir kahe to dabi huyi soch rakhtae hai isliye aaj mai aapko batata hu ki what is rape sabse pahle ye samajhte hai ki rape kya hota hai kisi insaan se uske marji ke bina uske saath kiya gaya kaam hi rape hota hai. Simple & clear but duniya sochti hai ki kisi larki ke saath uske marji ke bina agar koi sex kar leta hai to ye rape ho gaya. "sirf sex" lisliye log hamesha chillate hai ki rape walo ko fasi de do uske personal part ko kaat do unhe acid se jala do etc., ye sirf bharaas hai jo hamare andar dabi pari hai usi ka reaction hai ab hum baat karte hai ki rape kitne types ke hote hai:

1. Rape by words:- Ye insano ka ek prachin tarika hai rape karne ka isme log apne bachpan ke dabi huyi sex ki baate ko bahar nikalta hai jaise aapke colony me aapne kisi larke aur larki ko park me kiss karte huye dekh liya ya fir koi larka ya larki ghar se bhag gaye ho tab logo ki baate suru hoti hai are yaar wo tiwari ki beti bhag gayi hai poora maja kar raha hai raunak, humko to pahle hi pata tha. Aise rape karna walo ko koi saja nahi milta hai agar wahi larki sandwich khate huye dikhjaye tab ye log kuchh baate nahi karte hai aur bhi bahut sari baate hai jo larke karte rahte hai but humlog sirf usi ko rape samajte hai jisme bina marji ke kisi larki ke saath sex kiya gaya ho.

2. Rape of love ye bhi ek prachin tarika hai but aaj kal kuchh jyada hi famous hai jaha do log milkar rape karte hai pyaar ka ya fir koi ek karta hai doosre ka, love world ka use karke ye style aaj kal hamare youth aur teenage me bahut hi jyada famous hai. Ye school time me suru hota hai jab har koi sirf ek doosre se attract

rahta hai fir suru hota hai game of love chuki sex education to hamare school me hota nahi hai to bachcha kare ky tab ye log sex karne ke liye kya kare tab ye log pyaar term ka use karte hai aur yahi se hota hai janam women harrasment ka. Pyaaar ke naam par jitna harrasment hota hai shayad hi kisi ke naam par hota hai jis tarah ek prostitute kabhi sex ko feel nahi kar pati hai thik usi tarah jhuta pyaar karne ka aadat ek baar kisi larka ya larki ko lag jaye to fir wo kabhi kisi to pyaar nahi kar sakta hai but teenagers ko samjhaye kaun yaha to bare log kud hi uljhe huye hai aur jab tak log flirt ko respectfully accept nahi karenge ye jhuta pyaar. Mohabbat chalta rahega aur eska sidha fark logo ke marriage life par parta hai isliye to 90% shaadi suda log paresan rahte hai aur apni wife par jokes crack karte hai. Lekin log flirt kare bhi kaise iske liye highly well behave log chahiye aur hamare desh me to agar koi larki kisi ke sath so jaye to wo Randi aur na soye to ghamandi ho jati hai. Esse bhi man nahi bhara to log mms bhi bana lete hai ki hamesha milta rahe isliye shadi suda log bhi bagal ki aurat me hi interested hai. Aap famous TV show tarak mehta ko as a example le sakte hai es rape ko modern duniya me filhaal breakup kahte hai jiska jitna baar breakup huaa hai usne utna baar pyaar ka rape kiya hai, kyuki humlog sirf usi ko rape samajhte hai jisme bina marji ke kisi larki ke sath sex kiya gaya ho.

3. Rape of marriage - ye bhi ek prachin tarika hai jis tarah teenager youngster pyaar ke naam par sex karte hai but flirt ko accept nahi karte hai esi tarah ye mature log bhi sex ke liye bus shadiya kar lete hai aur amiro ke beech ye kuchh jyada hi famous hai aur isme dono milkar karte hai rape shadiyo ka, esse dono ko fark pare na pare but bachche ko fark jarur parta hai lekin ispar koi saja nahi milti hai youngster & teenagers pyaar se bahar aane ke liye breakup word use karte hai aur marrie log

divorce word use karte hai. Bus shabd ka fark hai famous writer salman rushdie 4 shadi. Titanic jaise film ki love story banane wale james cameron 4 shadi. Ye log shadi kar rahe hai ya fir koi compitition chal raha hai teenagers & youngster ne pyaar ko aur bare logo ne shaadi ko mazak bana diya hai lekin enhe koi saja nahi milegi kyuki humlog sirf usi ko rape samajhte hai jisme bina marji ke kisi larki ke sath sex kiya gaya ho.

4. Rape by money - Do family aamne samne baithe huya hai dono family business man hai aur dono ek product dekhne aaye hai jiska naam larki hai aur doosra product larka hai.. larka poora dhayan se Larki ko dekhta hai aur apni sex fantasy se match karta hai fir usse akele me kuchh sawal bhi puchhta hai kyuki humlog bahut hi khule soch ke hote hai fir baat suru hoti hai dowry ka aur larki bhi bahut khush hai ye baat alag hai ki wo larki bhi B. Tech ki huyi hai. Dowry dekar larki ko bura nahi lagta hai bura unhe tab lagta hai jab unka koi hath pakar le tab wo jhasi ki rani ban jati hai lekin agar paiso se koi rape kare to bura nhi lagta hai Arrange marriage design hi kiya gaya hai larkiyo ko control karne ke liye aur aap kisi sanskari larki ya larka ko hara ke dikha dijiye ess debate me ki arrange marriage galat hai tab to aapko arnab goswami bhi TV se nikalkar salute karenge. Halanki ye sanskari larka jarur bahar me GF type aayasi karta ho. dowry par saja hai lekin koi case karega nahi. eska use sirf frustated wifes apne husband ko fasane me karti hai aur waise bhi ye paiso ke kiya gaya rape hai hum ispar kyu case kare hum to rape sirf usi ko mante hai jisme bina marji ke kisi larki ke sath sex kiya gaya hai.

Official rape - chuki hum flirt ko accept nahi karte hai aur hamari shadi pyaar ke basis par nahi hoti hai isliye hame officially rape matlab prostitute ki jarurat hoti hai ek tarah se hame inhe society me ek special respect dena chahiye kyuki inke hi karan samaj achchi tarah se chal raha hai bachpan se ham naa to masturbation ke baare me baat karte hai isliye sari ki sari fantacy hum prostitute se hi poori karte hai. Prostitute ke create hone ka karan hi yahi hai ki hum sex ke baare me baat nahi karte hai aur hame apni fantacy bhi poori karni hai larkiya apni virginity ko apni respect banakar ghumti hai ya fir khoti bhi hai to pyaar aur shadi ke naam par. Isliye aisi larkiya jab women empowerment se jurti bhi hai to danda lekar nikalti hai prostitute ko khatam karne ke liye lekin prostitute takat ke bal par kabhi bhi khatam nahi ho sakti hai ye tabhi khatam hoga jab hum flirt ko accept karenge aur apne-apne hisse ka sabhi koi aapas me batanege larko se koi aasha rakhi nahi ja sakti hai kyuki apne sapno me sabhi larko ko larkiya pasand hai. Par larkiyo ke sapne kisi ko pasand nahi hai ye sex wale sapno ke baare me hai sex ka sapna ek important baat hai kyuki aaj kal larkiya sochti hai uske maa-baap pati & bhai bahut achche hai unhe padhne dete hai are wo padhne hi isliye dete hai kyuki padhne me respect hai kaun nahi chahega ki uski beti padhe padh kar doctor bane aur waise bhi padhogi nahi to fir shadi kaise hogi isliye aaj kal sabhi larkiyo ke pass degree jarur hoti hai lekin independence sirf degree se nahi naapa jata hai agar soch badal gaya hai to fir boy friend kyu nahi banane deta hai. Love marriage kyu nahi karne deta hai, larkiya kitno bhi padh le harrasment nahi khatm hoga jab tak sex ko lekar soch nahi badlega. Agar education se harrasment khatam ho jata to larke to educated hote hi hai tab to harrasment suru hi nahi hota aur na hi prostitute.

Acutal rape - ese hamar desh kya poori duniya rape maanti hai aur actual me rape bhi ese hi kahte hai ye direct defination hai rape ka ab jo log bolte hai ki rape ke liye fasi de do thik hai fasi de do lekin aur bhi rape karne wale log hai unhe bhi koi saja do bus unka tarika alag hai rape karne ka. Kuchh gossip karne wale rapers hai to kuchh breakup karne wale rapers hai. Kuchh divorce lene wale rapers aur sabse special type se rape karne wale hai paise se rape karne wale jise dowry kahte hai. Ab rape karne walo ko fasi dena chahte ho to kam se kam dowry wale ke hath katne ka saja to diya ja sakta hai. Dosto ye jo bahar hota hai larkiyo ke sath ye to reaction hai asli action to ghar me hi chal raha hota hai.

To ye tha types of rape hum jab sex ke upar baat kar rahe hai to ek naam sabki jahan me jarur aata hai OSHO yahi wo pahle aadmi the jinhone sex ke uppar bolna suru kiya aur nidar hokar khule taur par bola bhi. Osho se koi gahri baat janni ho na to aap unke paas jaaeye wo bahut gahri baat aapko samjha sakte hai. Ghari-gahri baato par unki gajab ki pakar thi lekin jindagi ki chhoti se baato par osho chukte hai wo hamesha kahte hai anubhav ka ras bas unhone bhi shayad sex ko anubhav nahi kiya. Agar hum osho ki theory ki baat kare to wo kahte hai ki jab bachcha 13 saal ka ho jaye tab wo sex ke liye ready ho jata hai aur agar hum unko usi waqt se sex karne ki chhut de to 32 saal tak wo sex ka poora anubhav le chuka hoga aur fir wo sex ki taraf attract nahi hoga theory ke according chalenge to students chhup kar nasha bhi karte hai to kya hame unhe nasha bhi karne ki chhut de deni chahiye. Esse kya wo aage chalkar nasha karna chhor denge eske ulta unhe nahse ki aadat ho jayegi. Log OSHO ko isliye jawab nahi de pate hai kyuki log unse ulajhte hai aise logo se hame bahut kuchh sikhne ko milta hai sex theory mai aapko samjhata hu sex ek human nature hai lekin log use ek mansik stithi samaj lete hai. Dono me ekdam alag cheej hai human nature matlab insaan ka wo nature jo poori life badalne wali nahi hai jaise bhukh pyass, sona ye sab human nature hai aur mansik stithi matlab manki us stithi se hai jo mahaul ke according create hoti hai jaise gussa aana, greedyness, jalan aur bhi bahut kuchh ye sab mansik stithi hai jise control kiya ja sakta hai lekin kya aap bhukh-pyas control kar sakte hai. Kya bina sans liye rah sakte hai. Aur yahi insaan ulja huaa hai wo poori life sex ko control karne ki kosis karta hai aur usme gahre fasta jata hai par ye uljhan kyu paida hoti hai kyuki sex bachpan se nahi hota hai ye 13 saal ki umar se suru hota hai isliye log ese control karne lag jate hai aur osho bhi yahi faste hai bachcha jab 13 saal ka hota hai to naturally wo sex kar sakta hai but mentally wo sex ke liye ready nahi rahta hai agar wo karta bhi hai to unhe ya to bahut boora lagega ya fir unhe eski aadat ho jayegi ab jab ye 18 - 19 saal ke hote hai tab wo sex ke liye naturally aur mently dono tarah se fit hote hai aur ab wo sex ke liye ready hote hai leking wo shadi ke liye ready nahi rahte hai lekin wo sahi ke liye ready nahi rahte hai kyu ki shadi ke liye aadmi ke paas hone chahiye money. Aadmi ko economically bhi fit hona chahiye jiske liye unhe kam se kam 25 - 30 saal ke umar ho hi jati hai. Ye to baat ho gayi kya hona chahiye. Lekin ab baat karte hai ye kaise hona chahiye. Human 13 saal me sex ke liye naturally ready ho jata hai tab wo kya kare agar hum unhe masturbation ke baare me batate hai to wo galat logo se galat tarike se sex ki or nahi jayenge lekin osho kehte hai ki koi janwar masturbation nahi karta hai sivay insaan ke aur osho ka ye lecture thora lamba hai hum insaan hai isliye to masturbation karte hai janwar thori na hai ki jaha dekha aur suru ho gaye to hame sex education dena hi hoga aur jab log 18 - 19 ke ho jate hai to flirt ko unhe accept karna hoga nahi to pyaar ke naam par teen & youngster jo kar rahe hai wo aapke samne hai. Ye uljhan etni bari hai ki century ke sabse bare scientist stephen hawkngs bhi uljhe huye dikhte hai wo kahte hai mai universe ko samajh sakta hu but aurat abhi bhi ek secret hai matlab unhe samajh nahi aaya unke liye larkiya complicated hoti hai ab dekhiye complicated kaun hai. Larka ya larki hum ek example se samajhte hai ek larka jata hai ek larki ko purpose karta hai wo mana kar deti hai ye larka use man hi man bahut gaaliya deta hai aur bolta hai ki bahut ghamandi larki hai fir jab ye wapas ghar jaa raha hota hai dekhta hai uski bahan ko koi purpose kar raha hai aur wo ha bol deti hai ab ye apni bahan ko gaaliya dene lagta hai aur kahta hai tum bahut bigar gayi ho ab sochiye ek larki ne purpose ko accept nahi kiya to usee gaaliya de raha hai aur doosri ne ha kah diya to usee bhi galiya hi de raha hai. Ab kaun complicated hai larka ya fir larki etni si baat stephen hawkings ko samaj me nahi aaee unhone samajhne ki kosis hi nahi ki. Hawkings kya koi bhi aadmi ye samajhna nahi chahta hai yahi haal mahatma buddha ka bhi hai sabko dharm ka dikhsha dete the but jab aurat ki baat aayi to thora der sochne ke baad diya. Aurat par buddha jaise enlighment logo ko bhi sochna parta hai......